後少女時代

劉庭妤 著

推薦序／請沿虛線剪下

范宜如

初看上去，懷舊是對某一個地方的懷想，但是實際上是對一個不同的時代的懷想——我們的童年時代，我們夢幻中更為緩慢的節奏。從更廣泛的意義上看，懷舊是對於現代的時間概念，歷史和進步的時間概念的叛逆，懷舊意欲抹掉歷史，把歷史變成私人的或者集體的神話，像訪問空間那樣訪問時間，拒絕屈服於折磨著人類境遇的時間之不可逆轉性。

——博伊姆《懷舊的未來》（*The Future of Nostalgia*）

初看《後少女時代》的書名，或許會以為是承繼著近年來「少女學」的寫作觀點，九〇後世代對應時代的一種抵抗的姿態。然而，這本散文的質地，卻是一種悖反；莊嚴處有浪漫，狂笑處見哲思，不難升級的慵懶，不夠徹底的迷茫，在可循與可馴之處活出自己的面貌，「太靠北的殘酷」。真的很散文。

我總感覺新世代的散文有了新的血型，很難歸納他們的型態。他們以促狹、幽默直擊自我的生活現場，好像不夠嚴肅看待世界的一切，其實，是更具反思性地看待自身的存在與意義，這是他們的時代感覺。我以為，必須是具備能量的書寫者才能吞吐並咀嚼自身的疵、廢。他們寫作的題材比「宇宙之大，蒼蠅之微」更多元，瑣碎之日常，微言有大義。一如庭妤的文字，直擊瑣事，書寫自己的荒謬，重現生命經驗的種種刮痕。

怎樣才是散文呢？許下對過往事物延遲的律令，一種抒情的遮蔽。頗認同法蘭岑在〈黑暗時代的那篇散文〉所說：「散文是能真誠檢視自己，不斷激盪想法的形式工具。」用庭妤自己的話來就是：「固定於某個時間落點的參與者」，「從裡頭篩出一點珍貴之物」。

這本散文是容易被「小」看的，三輯的文字或長或短，似是長歌短歌行，以「演藝」手法突顯這些平淡光陰的悲喜劇。輯一「我的少女時代」書寫小不幸，像充滿磨難的水壺，像忘在旅館房間被被窩的一條睡褲，申辨身分證這般的小事。生活就是田野，自身成了書寫的田野，於是，家人之間的互動，以物為中心開展的生活世界，城市的空間地理就像一幅衛星雲圖在你面前開展。有時，庭妤像一個觀察者，置身其外，像狡獪的球評，評點之餘，不忘酸一下自己（的舍妹）；有時她身處其間，經歷各種底線的催迫，像是個古怪的容器，容許有裂痕存在。瑣事中有老氣橫秋的人生指涉，滑稽的笑鬧中回看自己成長的稜角；幽默是一種妥協，也是一種調整自我與他者的生存技術。

輯二「偽少女的戀物誌」的氛圍看來幽默明朗，那個有點花癡絕對可愛的合作社阿姨，一人分飾兩角的公車司機W，「社畜公車」上的中年阿姨，這些表面上與你無關的人物組合成生活的版圖。對應到輯一〈我的房間有蟑螂〉的節奏感，外人讀來以為過於誇張的尖叫，但絕對真誠，我們從文章的慌亂敘事中找到了似曾相識的慰藉。又如〈車之道〉，當你以為她是透過開車在寫人際關係，她立即給你了「硬派駕駛」、「陰性駕駛書寫」的詮釋，這哪是在學開車呢？簡直是人性的車道，一路紅燈，你非得暫停思考不可。

以第一人稱視角為特質的散文，不免要袒露自身的「天賦」，包括缺憾與失落。最激烈的應該是〈我的國小獎狀〉這一篇，像是鋒利的剪刀，擲向脆弱的人我關係，差一點要寫成家庭倫理悲喜劇了，她又回身接受現實世界的照護體系。和父母之間的關係像學開車、像取得驚喜包，聆聽年節交詰的聲音，旁觀團圓飯的儀式，理解總有缺失（但也沒什麼不好）的家庭系統。但她書寫的又不只是這些，她觀照時間與記憶，總是看見尋常事物背後的規訓與權力，譬如「國民教育是一樁陰險的生意」，「引發令人望塵莫及的哲學思考永遠來自邪惡」，「暴力以假裝健康的方式，包裝在名利的競速中」等等。這些話語，從散文的書寫線條來看，原本是成長的彆扭；往暗的深處看去，卻照見了惡的流動性與親緣人情的結構，讓人不得不反思，活著，到底怎麼一回事？

她的「長」散文是有呼吸的，譬如輯三「老少年大人」〈君代與忠雄〉這一篇。如何凝視老年的細節？如何看待暮年的親人，如何直視那些不忍的部分？「像訊號不良的廉價收音機」，「一旁流著融雪的流水，太陽下光澤閃亮，清涼透心……所有順遂、不順遂的生命片段，全被密實地縫合一塊」，老年生活的煩亂與曲折，像物件的接縫總有凹凸的稜角，當日常的齒輪卡住了，子輩們可能無關痛癢地活著？正因她並不以雞湯式的文字自我詮解，洞悉人間情感的時效性，讀來反而有一種真實的快意。

文字作為檢視一個寫作者的技藝，《我們賴以生存的譬喻》一書曾提過，你所使用的譬喻正意味著你的思索型態，從她使用的意象「壓得不夠緊實的米飯，從豆皮壽司的皮裡，一點一點掉落」，「小小的不幸像快速生長的蕨類」，睡褲如「怒氣幽微的鬼魂」即可見出她的文化想像。調度意象之外，她也理解文字的曖昧與多義，譬如「你有過幸福嗎」（你要過幸福路嗎）所創造的趣味，「（時間）如一頭死去的幼鹿，陽光在初生的犄角上分割出明暗」的魔幻抒情，或許這就是有點甜有些好玩的「後少女時代」的後台風景吧。

生命史走到了微微壓抑的〈C的居所〉，再以〈你有裸體看過海嗎？〉當成本書的終章，除了映襯文中一再出現的「被妹妹睡眠的才華逼到走投無路」，倒是在「時間的關節」之外，讓這本散文的幽默、自嘲、質疑、思辨與抒情，定格在沉靜寬闊的語境。那些輕輕遮蓋的小事隨著透明的船，朝向遠方的海洋。

我對於她所提到的空間與記憶特別有感受，無論是「拖著歲月的尾巴」苦撐的漫畫店，父系家族頹圮的三合院，沉默的老屋，或是C的租處

「彷彿按錯鍵無止盡複製貼上的陰沉樓梯」，「房子頂樓發光的空地」，以及君代與忠雄堆滿八十年物件的房屋，都像極了記憶中的電影場景。庭好說：「空間是線索，物品是密語」，如此平淡，靜如塵埃，不誤讀自己的委屈與困頓，讓一切折返原點的無礙。或許人與街貓一樣，都在尋求「安於此地」的生活方式吧。

•

幾年前的現代散文課堂上，我邀請學生每週寫札記，或創作或閱讀，一種自由的形式。一翻開庭好的文字，那種自然真誠，那種不狡猾的幽默總讓我駐留。那個時節，並沒有看見她創作的企圖心，直到她陸續得獎，直到她認真面對自己的書寫，然後，就來到這本書了。

我想到那個酷熱的夏天，她不遠千里道阻且長地來到師大，只為了跟我喝一杯咖啡，隨即就在三十四度的高溫下趕回新莊，卞急的少女，浪漫的阿桑，究竟誰是誰的分身。

時間流逝，書已完成，我欣賞她敏銳的洞察力與感受力，她不只是耽溺於自身的文青，她總有話要說，而文字也能安頓她敏銳而微帶彆扭的情性。她在這部散文中寫著：「特別喜歡票券與票券接縫的虛線，那是異常脆弱又緊密的切割」，散文也是她的「虛線」吧，沿著虛線剪下，將脆弱的自我交付給文字，那是對文字的信任。

第一本書，多不容易啊。

庭妤才要開始呢。

（本文作者為國立臺灣師範大學國文學系教授）

好評推薦

在這裡，隨時有東西從事物的表面剝落。無非都是尋常物，尋常人與人的關係綴成意義之網，言語的機鋒是一把陽光，把她所見者勾出立體，讓暗的幽深，明的燦白。如張弓飽滿，將箭矢遄飛之前的那一刻定格。透過一張濾色片向外眺望，像〈C的居所〉說的，她以這樣的姿勢「回望一段又一段死去的時間」，視線建造記憶，體感容受了所有訊息。

——李蘋芬（詩人）

出生於九〇年代的劉庭妤，成長的過程正是社會言論百無禁忌、資訊開放多元的時代，生活物質已經到了生產過剩的程度，以這時代背景為培土，在她的作品裡，可以看到青春的自信，在思想無所忌憚中，言語暢快的書寫生活感悟，無論對人、對事、對物，自成一種率直的觀看角度，反映出這個世代的價值觀和情感，帶來新世代觀看生活的態度與語彙。

——蔡素芬（小說家）

生活的質感來自於品味。那是觀察，是心思，也是涵養，在自覺與不自覺之間積累，在時時刻刻中流露而出的人格表現。當蚊子的腳成了「水墨畫似的纖弱四肢」；當馬路成了「人性的戰場」；連收拾房間，都成了一件「和薛西弗斯神話基本上是一樣的事情」。試想，現實怎麼會是淡乎寡味呢？塵世固然累人，從這本散文集裡，我卻看到了少女成長的過程，生活如串串珍珠般。

——鍾宗憲（國立臺灣師範大學國文學系教授）

庭妤《後少女時代》的「後」不只是時序與反抗，有後知後覺的驚異與驚喜，也有後勤一般的記憶與部署。面對水溝水壺水龍頭的水逆人生，累到笑也廢到笑，庭妤用自己的方式冒（險）犯（難）回去，少女自己有了騎士精神。後少女也是小大人：少女生涯藏著憂勞，衰老的人與物中卻有著天真的結晶。當生命不過粗中有細，禍福相倚，愈是慎重的東西愈像玩笑——她造出一個小世界，我們不妨緊追在後，品味少女與她的相反。

——馬翊航（作家）

自序／我愛妳，瑪蒂達

我愛妳，瑪蒂達。

十二歲的少女瑪蒂達，棕色眼珠、黑色頸圈，鮑伯頭下藏著家暴瘀青，人前吃棒棒糖，人後熟練地抽香菸。她滿口謊言、髒話，卻又懂得在重要時刻裝出少女的甜嗓。瑪蒂達右臉沉著淺痣，胸部發育不全，人生從充滿性、毒品、警政黑幫的底層家庭出發，與血腥的屠殺擦身而過，意外走進隔壁殺手里昂的客房，成為彼此的愛人，一把手槍抵住自己的太陽穴，沒有愛與恨，毋寧死。

瑪蒂達，衰老與年少的少女集合體。

前一刻還裝扮成瑪麗蓮夢露與愛人笑聲燦爛，下一刻瞪著黑白分明的眼睛，恨意堅決，她的復仇動機強烈，手段卻可笑幼稚。她其實軟弱，在死亡的槍口下不安地發抖，但比起成人的軟弱，瑪蒂達又顯得堅強。

每個女子都曾是瑪蒂達。

這世代的少女圖像如此繁多，有些實在幼稚可笑，笑容微甜，形象或優雅或端莊，就算遇到困境仍堅定無比地正向樂觀。然而，對我來說，盧貝松《終極追殺令》中的瑪蒂達應當才是現實社會中最真實的少女形象，少女們從來不願被世界輕易對待，她們謹慎為槍頭懸上消音器，無畏扣上扳機，嚼著口香糖，對狗屎般的現實猛烈開槍。她們的人生沒有後路，沒有世間油滑者的圓滑和包袱，瑪蒂達們太了解人際互動的幽暗細節，也太不了解成人世界背後的無力與困乏。

於是，瑪蒂達們可以輕蔑。

可以反抗。

瑪蒂達們可以肆意走踏世間而不為困局所停下。

她們還有餘裕無所畏懼，時間在少女們的身上不形成有效攻擊，她們只需要愛自己——或連自己都不愛，她們過於衰老——抑或不夠衰老，成人世界的陳腐規則在她們眼裡根本不值一提。她們創造規則，享樂遊戲，她們將愛人的世界翻攪得天翻地覆，卻又無辜地睜著大眼，憤憤地流下一滴眼淚。

直到遇上了里昂。

或許，要到真正成為殺手後，瑪蒂達才曉得。

每個成年人都只能是里昂。

精準、老道，里昂們在黑手黨中神出鬼沒，他們熟稔社會秩序的一切，避開子彈，運用空間優勢，從黑暗中伸出一把銀色小刀，抵住目標物的喉頭，威脅恫嚇。他們嗓音低沉，掛著圓形墨鏡，睡覺時永遠張開一隻眼，床鋪繫著皮帶每日守備鍛鍊，隨時預防周遭可能的危機與夜襲。里昂的愛淺薄如一盆粗肋草，每日將它靠窗向陽、噴水擦拭，里昂壓低自己欲求，存活於意義世界中的最低水平線上，殘忍又冷靜。

這約莫就是成年人的極限了。

成為不殺女人與小孩的寂寞殺手，里昂。

每個人的後少年時代，都是瑪蒂達與里昂相遇的瞬間。

留有少年時期的叛逆遺緒，卻得逐漸精熟殺戮的技巧與心理狀態，不管是身分的轉換、職場上的事理應對，或是權力遊戲中的捕獲與獵殺，瑪蒂達都得棄守性格裡的極端與蠻恨，從少女的軌跡上脫軌，投向塵世羅網。

於我而言，我的後少女時期，正是我開始提筆寫字的時期。

起步晚、產量少，但在這過程中逐漸摸索出想要的風格與腔調，收錄作品的時間跨度約為五年。書裡沒有少女時期爆裂又美麗的刻畫，但又彷彿可看見她的身影，一切都是偽裝的技藝和本領——尖銳的反抗被塗抹成無害的笑意，玩笑成為拯救，幽默是妥協——事實上，她是某種甜膩敘事的強化，計畫性選擇自己搞笑無害的記憶片段、剪輯、編織，開展出一連串的人生景觀。

成長不是階段性的累加，也不是線性前進的時間線，成長是狀態的轉換，從一個環境轉向另一個環境，青澀與老成的分野，就像瑪蒂達和里昂的年紀錯位，曖昧模糊。在轉換的過程中，人類如何解決自身所遇到衝突及困境，才是我認為最有趣、最值得保留的地方。

後少年時代的刻寫，每人機會僅限一次，正如同人們愛戀的少年時期，再令人神駐徘徊也只有一次。然而，在寫作中，我卻刻意從少女時代缺席了，這一切都是故意為之的結果，這麼做並非是在散文這種於我來說、難以作假的文類中欺瞞說謊——而是逃避，逃避災難、逃避疼痛，也逃避最美麗的年少階段，為自己留下一帖糖果藥方，讓象徵個人主義的瑪蒂達，和代表集體主義的里昂，彼此相愛、嘗試逃脫。倒不是真的多有智慧，而是強迫自己的生命史以這種形式繼續運轉，希望對讀者而言也同樣有效。

致所有愛過他人且被他人愛過的瑪蒂達。

目次

輯二　偽少女者的戀物誌

輯三　老少年大人

輯一

我的後少女時代

小不幸

生活是由一連串的小不幸組成的。

像恰巧發現的一顆蛀牙，紙頁上唐突出現的一隻書蟲。

它們無傷大雅，卻非常惱人，好像日子的接縫總有凹凸的稜角對不準，生活的高牆也總有水泥塗不平。說實在的，誰會留心那些真正的好，事物表面最吸引人的永遠是缺口，能引發令人望塵莫及的哲學思考永遠來自邪惡。但小小的不幸還是令人生厭，人類有時不見得被巨大的挫折擊敗，卻能被這種果蠅似流連不去的小玩意弄得灰心喪志，這其實無關誰的耐受度比誰好一些，就算是氣勢再磅礴的偉人遇到小小不幸也要罵一聲髒話、揍一拳抱枕，甚至跺起腳跳一場暴風式的發狂舞蹈。

令人遺憾的，我正是常常承受這種小不幸之人。

掀裂的小拇指指甲、摸到鍋蓋燙傷發紅的手背、掉在桌下的油綠高麗菜，還有總是抓對時機點掉落砸到頭頂的曬衣竹竿。

生活是磨難，我完全明白。

常常覺得非常窘迫，明明自己最自傲的就是擁有一雙纖長靈巧的手指，但後來才發現原來是浩克手指，每一根指頭、每一個看似充滿骨感的身體部位，皆包裹著美式熱狗般的厚厚炸麵粉，一下打翻桌上的飲料，一下又弄壞東西，我笨拙的軀體似乎對於空間的一切充滿愚蠢的反叛、激進莫名的衝撞。這令人洩氣，但又無可奈何，像管束自己好動又不成熟的孩子，你拿他一點辦法也沒有。

這場沒完沒了的鬧劇尤其體現在一個女人包裡的水壺身上。

我換過了大大小小材質迥異的水壺——不鏽鋼、鈦、鋁、塑膠；也有開啟方式種類千變萬化的水壺——按壓、鈕轉、掀起、扳折；以及不同容量、不同花色的水壺——黑色烤漆、透明玻璃、碎花、卡通人物、某知名運動品牌……。有時我感覺，能不能遇到一個好的水壺，就和遇到真愛一樣，皆靠機緣，重點不在外貌，而是脾氣，還有生活習慣吻不吻合。像那日，我剛拿了一個深藍色花紋的壓蓋式新水壺放進包裡，才用兩日，我立即表明這個水壺已失去我對它的所有信任。（第一日：和朋友約在咖啡廳見面，包包隨手放在一旁，過沒多久座椅一片汪洋，我的牛仔短褲全浸濕了之外，包包每樣物品都蒙上一層水露，更可憐的是那本沙林傑的《九個故事》，和《老派約會之浪漫》、《太多幸福》遭遇一樣的下場，整本被泡得皺皺爛爛，再也無法緊密閉攏）、（第二日：我決心再給它一次機會，但它仍然將我包包內的東西浸得一片濕濡，幸好冰雪聰明的我，早就把我圖書館借的書籍拿在手中分開放置）。

我實在不能理解水壺為何管不住它的嘴，總讓水像八卦一樣漫出來，運氣好的時候漏個幾滴，運氣差點的話像瀑布。還是我天生就有種濕透了的命，遇水不發財，就只是狼狽地揹著濕淋淋的包包，穿著被潑得冰涼的短褲，一臉賭爛地行走江湖。

使用最久的是高中時期曾買過的某咖啡店品牌的水壺。左搖橫甩，滴水不漏，像忠誠的下屬每日妥貼滿足生理需求。直到它的晚年，壺身裏的黑漆開始脫落，灑得我書包滿是黑色屑屑，只好宣布退役，然而我對它終究不會有恨，它永遠是我最鍾愛的六百ＣＣ黑色小水壺。

由於我體內無由寄生的小小不幸，男友C對此不得不有許多預防措施。

吃飯的時候，C總是要在我桌上鋪一張餐墊；從飯桌起身時，C要替我拿開裝著湯、飲料的鍋碗瓢盆；或者當我拿著餐盤起身清洗時，他也要一把搶走，擔憂我又掉在地上弄得地板油油膩膩。我開始錯以為自己患上一種見不得人的瘟疫，上一秒張羅著下一秒，前一個動作算計著下一個，時時拘泥於前景堪慮的不安現狀，又氣憤莫名。小小的不幸像蕨類，纏繞著我的四肢，日以繼夜地快速生長，它內化成自身不甘不願的人格特質（誰究竟想遺忘或弄壞東西啊，這又讓我想到那天被我砸破一個缺口的玻璃精油器），而時時被這種蟲類咬囓的我，就像擁有特別容易被叮咬的體質，走在路上被冷氣水滴到、久久一班的公車正好在行走時從眼前經過，剛走出室內就遇上滂沱大雨……就像家母常對我說的，遇到了，沒有辦法，只能面對。

就讀小學的時候，有一次全家心血來潮去澳洲旅遊。

那時天氣微寒，雖然陽光普照，但光裡有冷冷的風，必要時還是得穿長袖長褲，免得著涼。

不知是在旅遊的第幾日，我們住進一間異常寬大的客房，有開放式廚房、暗紅色地毯、可供翻滾的客廳，還有幾間和客廳一樣大的臥室。房內設備不很精緻，但巨大的空間感對兒童來說總是印象深刻；然而，說老實話，現在的我也不記得在裡頭做了些什麼，但整體而言有種王公貴族的印象，好像有錢人才能住那麼大的房子，要在裡頭做些喪盡天良的事似乎都可被允許。

睡到隔天早上，還捨不得離開床鋪。

家母三催四請，終於不情願瞇著眼換起衣服，但室內實在太冷了，露出來的任一塊皮膚表面皆要結霜，於是我施起我慣用的老伎倆，躺在枕頭上，在覆蓋的厚棉被底下磨蹭磨蹭地換衣服，像一隻被繭縛住急欲扭動脫殼而出的蟲類，如此不僅能溫存被裡的餘溫，也可以避免吹風受寒。

然而，換下的那件睡褲卻被我遺忘在飯店的被窩裡，我再也沒見過它。

之後幾天的旅遊心情皆十分惡劣，被我媽狠狠訓了好幾天，每日起床又得在冰冷的空氣中換衣服，臉色好看不起來，就算是玩得十分愉快的時刻，仍有一條軟趴趴的睡褲陰慘慘地墊在心情的夾層裡，如怨氣幽微的鬼魂，纏繞不散。現在想起來，這真是人生截至目前為止最令人不知所措的人為小不幸，誰也無法怪罪，只能怪自己，但怎麼偏偏就是那次忘了將褲子拿出來呢？必定是腦袋在那時突然出了問題，像電腦無端故障、燈泡突然壞掉，或者電池恰巧沒電。時機誰也說不準，小不幸就坐落在這些時間的關節、事件的裂隙，瑣瑣碎碎地奸笑，令人哭也不是笑也不是。

辦身分證

約莫幾個月前，我遺失了我的身分證。

就像村上春樹突然寫起小說那樣，某日，我也突然翻找起自己的身分證，毫無理由，像是遭受天啟似地打開錢包，翻開慣於置放卡片的抽屜，這時才發現自己的第六感真是他媽的太神準了，因為，我的身分證真的不見了。

回想起來，距離上次看到身分證，應該過了好一陣子。

「妳太扯了。」家母得悉原委後，這麼說。

「妳真的很扯誒。」舍妹得悉原委後，也這麼說

「沒有在妳衣服口袋，或是包包內袋裡嗎？」

「沒有，真的沒有，我全都找過了，我想，現在只剩一種可能，大概就是被偷了。」

這種話說出來，連自己都有些不好意思，但不然如何能解釋我犯下此人生汙點的原因？難道，身分證遺失，是上天意欲授予的哲學啟示嗎？鐵鎚壞了，人們因此體認鐵鎚的存在；筆沒水了，筆的存在意義因而昭顯；身分證遺失了，好像，也只能去戶政事務所花兩百塊補辦。

這大概是除我會坐在這，摘下眼鏡，眼前一片模糊看著替代役男性幫我拍攝身分證照片的原因。

走進新莊站旁的戶政事務所時，還再三地確認健保卡、駕照、印章是否帶齊，心裡默背著網路提供的先前資訊，包括行政人員可能問你妹妹的名字、母親在家中的排行、父親的出生年月，諸如此類，像是從前寫著考卷考古題，嫻熟地記於心。

應該萬無一失了，甚至還多帶了本書，以便對抗繁冗的行政時程。

但戶政事務所的排場規格，完全超乎我的想像。

剛走進去，就被後頭背板清楚鐫刻的字驚嚇：「別讓民眾多走一步路多等一分鐘」我心想，天啊，這不是我苦心替舍妹尋找的人生金句嗎？接著，一字排開的綜合辦理櫃檯將我迅速地安排至21號，就這麼糊里糊塗地坐下，座位一旁置放著：「國民身分證遺失了，該怎麼辦？」的廣告文宣。

接待我的是一位大叔，似乎很熟稔應對身分證遺失的國民，比如我。

他接過我的護照，我急忙把其他證件掏出來，但他碰也不碰，逕自列印表單叫我簽名，我只好把卡片又收回去。「是時候要問我問題了吧。」我心裡這麼想著，滿心期待大叔朝我丟來的直球，但他什麼都沒說，只盯著電腦螢幕。

「健保卡還在嗎？」大叔說。

「啊，還在還在，要看嗎？等等我。」我急急忙忙掏開錢包，熱心地拿出健保卡。

「喔不用，只是如果你健保卡不見了，我這邊也可以幫你辦。」大叔說。

「喔，謝謝。」我說，我看起來像是那種會弄丟健保卡的人嗎，內心這麼想著。

「等等去25號櫃檯等，十分鐘就可以拿到身分證了。」大叔說。

於是，連書本也沒拿出來看，不到十分鐘，手上立馬端端正正揣著一張熱騰騰的身分證，上頭的照片還是因為照片帶錯尺寸，又花了一百塊，頂著騎ubike過來被風吹得狂亂的頭髮，請替代役拍的。

這樣真的對嗎，大叔。

我是說，請讓我講一下妹妹的名字、我媽媽在家中的排行吧，或者好歹健保卡、駕照，或者印章也用一用吧，身分是這麼容易取得的東西嗎？護照上頭那張照片長得和我本人一點也不像啊。

說到底，原來申辦身分證是讓人如此不甘心的事情。

我的國小獎狀

十二歲時，我將小學六年累積的一本厚厚獎狀集全剪爛了。

在沒人看見的午後，拿著鵝黃色把柄的剪刀，流著眼淚，將一頁一頁獎狀抽出來後乾脆地剪開，最後再把碎片放回頁袋，直到整本全都支離破碎為止。

父母都是教師，從小得到的表現機會必然較多，獎狀集非常的厚，隨便做個什麼事都得獎；但令人十分訝異的是，十二歲的我對於此結果一點也不開心，到現在都還能感受被比賽、考試束緊喉嚨的勒索感。事實上，那種感覺持續到很久以後，直到現在，都還能在知識分子熱切的較勁中，體會到原始人類的搏鬥本能仍在當代人類身上迸發。暴力以假裝健康的方式，包裝在名利的競速中，不管是苛薄的鄙夷、人生閱歷的攀比，甚至是看來積極正向的生活經營，都成為囊中響叮噹的籌碼，你出十，我就出二十，你再出五十，我就全梭了。

剪獎狀時，帶著強烈又巨大的不安，因此也不敢將獎狀剪得碎碎爛爛，只從中心裁成兩半，標楷體的字體在刀口下分成兩邊，像分岔的河水，各自往不同方向流去。剪裁的過程裡，我從抽抽噎噎地哭泣中平靜下來，反而在這種充滿象徵意味的儀式當中，獲得自足，那些在音樂比賽中因缺乏音樂性、缺乏才分、缺乏將之彌補的努力，而將大獎拱手讓人的不滿；以及在學校考試中，因缺乏悟性、缺乏邏輯推斷、缺乏良好記憶力的本領，而只能得到進步獎的失落，全在剪刀下變得弱小無比。

更令人痛快的是，我發現我對這些被迫參與的事物，一點興趣也沒有。

此刻，人生才真如浮光掠影，既沒有世間所認可的追求價值，也沒有對等傳達自身意義的表意方式，十二歲的人生無足輕重，看來平庸又乏善可陳，所有對於這名孩童的評價，聽來都像輕率的安慰；所有對於這名孩童的意見，聽來都像他人為了建立自我感覺良好而進行的發言。我是他人光亮的墊背，是他人美好人生的反面，就算得了許多獎狀，仍知道那並不是憑藉一己之力而獲得的物品，獎狀仍是不屬於我的東西。它們給了我糖，過了六年，才知道那不是糖，而是萬劫不復的毒。

剪了許久，虎口都痛了，還剪不完。

原本漫出來的恨意，在身體勞動消磨下，越來越稀薄，因為獎狀真的太多了，紙質又特別厚，剪到後頭，激昂的抗爭成為無意義的剪紙遊戲。那時應該多花點心思剪成各式可愛圖案的，比如花朵、小白兔、大象或者熊貓，彷彿好吃的手工餅乾，給自己多點甜頭，多點餘裕和幽默。

之後，我將碎片一股腦地塞回資料夾，又放上了書架，假裝整件事都沒發生。

直到後來被媽媽發現，她疑惑地罵了我幾句，接著又將獎狀一張一張用膠帶黏了回去。

事情回到原點，像在玩著你丟我撿，那些流著鮮血的革命最終可笑的結束。雖然哭得稀巴爛，自以為爆裂地拆卸了身上的阻攔，獎狀卻又幽魂似地回到了身邊，讓人哭也不是、笑也不是。

我還記得媽坐在餐桌前黏獎狀的身影，她邊剪裁膠帶，嘴裡邊碎念：「這獎狀怎麼這麼多啊……。」卻又靜靜地將它們破敗的屍身縫合回去，拼拼圖似，腦內不知道在想什麼，也許是感覺有些趣味也說不定。在那之前，她也問我為什麼這麼做，我回覆了幾個理由搪塞，聽來令人匪夷所思、一頭霧水：「為了試剪刀利不利。」、「反正畢業後獎狀又沒用，拿來磨剪刀也不錯。」諸如此類，但她也默默地接受，逕自幹她的活去。

現在想起來，獎狀的內容是什麼也不重要了，反而是自以為深具毀滅性的十二歲的自己，有點討人喜愛。在她身上，多了好幾道裂口，就像銳利的紙緣奇形怪狀，但總有辦法將它黏回去的，就算是多不甘願、多好笑，多荒謬的辦法，人生還是得以這樣的姿態靜靜活著才好。

殃國小人

文明社會的教育制度，是一套理解人類的量化研究方法。

這幾天在國立臺灣歷史博物館看展覽時，特別有這樣的感覺，尤其看見「臺南縣立新化初級中學學生平時考查給分資料表」這份文件，才驚訝於這套治術竟可以精密至如此程度。那是一份戰後留下的操行評分表，它將所有抽象的道德價值條列出來，包含：「禮貌」、「忠誠」、「孝順」、「仁愛」、「勇敢」、「廉潔」……諸如此類，看來大義凜然的令人生厭。這些條目後頭分為四種強度的評分，比如「勇敢」後頭羅列：「見義勇為」（4分）、「冒險犯難」（3分）、「勇而無謀」（2

分）、「貪生怕死」（1分）；又比如「學習精神」後頭列著：「旺盛」（4分）、「振作」（3分）、「稍差」（2分）、「頹喪」（1分）。

這些名目中，還出現許多耐人尋味的形容詞，比如「點滴歸公」、「見利忘義」；「唯命是從」、「抗命」；「氣宇軒昂」、「輕浮」……如此白省下來，我大概成為一名精神頹喪、習慣惡劣、輕浮又貪生怕死的殃國小人，德性25分，55分以下再扣5分。

這實在太淒慘了，分數比我數學考過的最低分還要低。

我想起念高中時，英文老師規定錯的題目罰寫三遍，因為我實在錯太多了，寫得手痠，故意東漏一句、西漏一句，結果被老師用紅筆大大寫了：「不可以lazy喔。」再扣了我平時總分兩分。

這就是犯了「虛偽狡猾」、「目無法紀」以及「草率了事」的罪，在學校這種規訓場所中被處分，只是剛剛好的事。

事實上，這份清單概括出理想人類的文化想像，它精準抓出模板化的光譜平面，將一批又一批學生快速分類，以此從歪瓜劣棗中撿出精良品種，符合社會脾胃；它是一份文明人的檢核標準——統治機關是聖誕老公公，在清單上挑選出好孩子，贈予較高的階級與資源。

展覽從日治、戰後的社會環境，提到了「理想國民養成術」的過程——使用制式化的管理機制統合人力，以符合社會需求，達成最高的經濟效益。所以，從日治時期開始，醫師、老師即成為臺人社經地位最高之職位，因為當時政府只開放國語學校、醫學校兩種管道，我們必定得從這群面目模糊的孩童中篩選出這方面能力最精良的優秀種。

換言之，國民教育是一樁陰險的生意。

它藉由統一的制服、具象徵意味的權力空間，以及一成不變的學科，塑造人民的意識形態、精神和身體。比如體育課，它延伸出去的隱喻是戰爭投入，為了培養人類為國家犧牲奉獻的身體法規，透過模擬的競爭關係、團隊合作，削弱個體的自我意識，將集體價值透過運動會的熱情吶喊、英雄主義式的讚頌，非理性地移植入意識中。又比如歷史課，它將統治者想像中的國家主體、地域空間，藉由圖學、人類學、地理學，諸多看來深具說服力的詮釋話術，植入人民在戰場中的角色設定，哪個壞，哪個好，黑白分明。

說到底，為了抵禦一場已逝的、即將到來的死亡遊戲，人們用盡所能建立一兵一卒，只為捍衛想像共同體。

實在是令人不寒而慄。

「誰掌握了現在，就掌握了過去與未來。」

這是展板文字中的一段，談論地理、歷史、數學、自然等學科的湧現，隨著統御機構的發語權，注入人類體中成為文化DNA，學校也從清朝時期散漫的書院空間（當時教師起臥的床鋪還被放在教室中），轉變成具有工業感的國民教育工廠。不管如何，這是教育的來處，學童在操場上、教室裡、朝會講臺、自然實驗室，搬演現代社會複雜的合作關係，它並不原始，但卻勾勒出文明最原始的結構。文明社會給予人類毀滅，但就像展板說的「國家有國家的期待，但人民也有自己的意志。」毀滅自有其毀滅之道，只是人民必須對於框架有所察覺。

我不禁開始回頭追溯起過去，究竟自己在這權力場域中是怎麼度過的？

這麼一想起來，學校教的東西，大部分忘得一乾二淨。

代數、三角函數、人體循環系統、地理常識、歷史事件……依靠著天生優良的忘性，記得的課程內容一丁點也不剩，只想得起一些微不足道的小事，比如清掃學校廁所的日子裡，拿著鐵絲低頭朝衛生紙販賣機內部亂戳，像一名笨手笨腳的小偷，只為了勾出購買衛生紙附贈的明星照片，再將之端端正正擺在桌墊底下，武力展示炫耀。又或者，和同學某次拿著廁所垃圾去丟，結果走到一半垃圾袋爆裂，我們兩人徒手撿拾亂飛的衛生棉、衛生紙，抓蝴蝶似撈回來一面一面熱辣辣的日本國旗，又臭又狼狽。

如此荒廢了大塊大塊的時間，磨碎在膚淺的小事上。

在這種為搏鬥而競爭熾熱的權力場所，毫無反省能力、搞不清楚狀況，悠哉悠哉散漫委身蜇過，事不關己，真不知道該拿自己怎麼辦才好。

太陽蛋與狗屎

在敝人極度熱愛的新北市圖書館附近，有一間討喜的早午餐店。

有時我想，如果不幸到了世界末日，人們必定得選擇最後一個場景作為臨終地點，我可能會將這間早午餐店列入考慮清單，希望到時還有半熟太陽蛋可點。

這間店實在太討人歡心了，不但將蘿蔔糕、蛋餅、美式漢堡、義大利麵……等看似平庸的餐點美美地擺放在餐盤上，令人賞心悅目之外，它的價錢也出乎意料的便宜。對於我這種不但是精神層面上的窮鬼，更是現實世界的窮鬼來說，這種只要用用手段、放入心思，即可以將用餐品質大大提升的手法，真是太聰穎又美好了。偶爾從圖書館讀完書、寫完字，在慵懶陽光下慢吞吞走向店內，襯著灑入百葉窗內的陽光，喝一杯午間供應的熱紅茶，那種舒服感覺無法言喻，只能沉在裡頭，像在白雪中泡著熱溫泉——介於兩種溫度、兩種適切的矛盾間，熱著頸子徹底鬆懈。

一切都十分美好。

但過於美好的事物總是可疑，過於強調光明與強悍的敘事，背後總是機關算盡。不知道為什麼，每每當我在無可挑剔的愛店大啖美食時，落地窗外的人行道上，總是會出現一坨狗屎。

而那坨狗屎總是不偏不倚，正好面對著空位——也就是我所坐下的位置。

這種困擾的情況出現不下十次，奇怪的是，我從沒在那條人行道上看過任何一隻狗。事情發生總有前因後果吧，它必定有可追尋的脈絡，讓一面骨牌接連一面骨牌，倒帶回最初的觸發點，也就是那隻稍加施力的食指。但在早午餐店的情況裡，我永遠是固定於某個時間落點的參與者，待坐在歷史演進的尾端，被迫接受不想面對的結局。誰知道他真的是狗屎，或許這條街每到了夜半三更，時空就會錯接至十七世紀的英國倫敦，街上燈火通明，馬車林立——這麼說來或許是馬屎也說不定。

於是當我正在窗內大啖美食時，目光卻時常閃閃爍爍，看來十分可疑。

明明告訴自己，儘量要眼不見為淨，但真的要實踐起來卻極度不合乎常理。當人正悠閒地吃著早午餐，饒有興味地看著窗外駛過的車輛、走過的行人，視線卻被迫在某個隱形的節點剪接至下個段落。這反而讓這突出之處更為人在意，像嘴裡破掉的口瘡，讓人忍不住舔舐；因而，縱使我不讓自己看見屎，但心中卻處處有那一坨屎，倒有點佛印與蘇東坡談論佛與牛糞的趣味。

這種情況來回許多次，每次坐在店裡頭進食，我的心中就不斷與屎對峙。那是一次又一次沉默的戰鬥，悄然無聲地發生，尤其對於「進食」、「排泄」這兩種可視為對立面的文化聯想，我總要耐著性子在腦海中拿著鐵鎚，砰砰砰地將它打得粉碎，免得自己在品嚐食物的細緻質感間，多出其他不必要的滋味。

這頗近似於職場修行，或是學生時期文組學生對於數理的恨意，明明某些人事，再怎麼看都只能是屎，一點佛的雛形輪廓也沒有，但人還是得在食物間吃出佛味，得在摩頂放踵間滿足自我的生理需求。我想起痛苦算數學的少年歲月，也想起悲哀地拉著公車環上班去的後少女時代，在苦不堪言的成長裂隙中，自己除了心臟發涼、進食之外，還能做些什麼呢？事實上，什麼也不能做，只能慢慢嚐著、嚼著，等到某日猛然回頭之時，還可從裡頭篩出一點珍貴之物。

這應該就是大人的滋味吧，在執念與斷捨之間，在美食與狗屎之間。

我的房間有蟑螂

我的房間爬進一隻蟑螂。

如果蟑螂這回事像字面上一樣好解決就算了，但它不是，它不是單純只是體長八九公分的小玩意，如果將與此物的安全距離算進去的話，它無形的甲殼應該能塞滿整整兩個房間。這約莫是我現在持續坐在客廳，與我房間保持安全距離的原因，因為蟑螂就是如此巨大，多伸出一根腳趾頭皆要發紅感染。如果某天，我妹變成卡夫卡筆下那隻十分接近蟑螂的蟲類，沒有二話，我必定首先將她殺死，不用歹戲拖棚，不用落落長寫小說，十秒全劇終，前半段那九點九九秒是我驚聲尖叫所需的時間。

待在沙發上動彈不得的我先打給家母求救，她還在健身房上課，接通的機率微乎其微，那應當是我疑神疑鬼在地板含淚跳恰恰，她還在團課教室裡一秒兩秒地拉肌肉，空間錯頻，時序代溝，於是只好聯絡第二順位的我爸。電話響不久，我爸喂喂喂接通了，正巧在教課，和他稟報事由，他只笑說你加油，接著就斷了聯繫。我頭一次感到電話那頭深邃有如黑洞，你向那丟擲一顆小石子，連落地都沒有聲息。

這下連澡都難洗了，披戴著下班後悶臭的汗味，抱著膝窩坐在沙發傳Line訊息，抒發困頓與失意。

家庭群組裡只有遠在異鄉的舍妹飄渺著遠燈，小小的、迷濛的，如一條癡癡觀望而無動於衷的小舟。我向她說，我好孤單，我孤立無援，為什麼沒有人在家，這世界實在太靠北的殘酷了，我發誓等會要好好清掃房間，我難以置信只有我一人與怪物對峙，這超出我的能力範圍之內，我不知道該怎麼辦。

舍妹回我，只要蟑螂不要跑到我房間就好，你趕快幫我把房門關起來。

家庭系統的社會支持薄弱到這種程度嗎？

我是說，他們似乎難以理解事情的嚴重性，這攸關一名上班族下班後無法淨身沐浴、無法舒心繳械，無法再次從夜晚裡的熱水澡中重生振作，準備明日上場殺敵。他們也難以理解我最擔憂的恐懼是什麼，事實上，蟑螂的恐懼在於它是房間濃厚的背叛，是一道措手不及的裂隙，也是一段你經不起的歷史——誰不能擔保房內哪些物品曾與它親密接觸，用它令人難以理解的支節，刮刮刷刷地途經；誰也不能擔保自己哪些私人之物，會被這外來的萬年物種，異質的生態產物細緻摩挲。

蟑螂是私我空間與他者的通姦。

它冒犯了潔淨的精神領域，如一道又油又膩的黑色閃電，而我不得不佩服它那顆歷經風霜的聰明腦袋，承襲了萬年演進的祖先智慧，加乘又加乘。它必定如同此刻的母親，日日鍛鍊核心與小腿肌吧；它也必定如同現在的父親，是一名能傳道授業解惑的布道者吧。於是，那隻不知姓名又十分狡猾、如配備ＡＩ人工智慧擁有三歲幼兒智商的外來種，驚天動地出現在這裡，令一名研究所文憑畢業的成人束手無策，哭爸哭媽。

半個小時過去後，我仍坐在此地，如窩踞末日方舟。

這段時間異常緩慢，至此我才發現時間是密度如此之高的濃稠之物，它不是應如白駒過隙嗎？不是應該黃粱一夢嗎？任何的「一」應當都伴隨著強烈壓縮的時間分子，但時間只是惡意地訕笑、冷眼調侃，在它頑劣的操弄下，我不明白蟑螂是否已爬上我被上的山線稜角，沿著凹凸曲線遊走。而現在，我的腦袋也同時被蟑螂的記憶綁架，翻開人生的記憶硬碟，它上頭記載著住家樓下定期消毒時翻死一片的烏金海洋。

那是每月當中我極度痛恨的日子。

清潔人員戴著口罩，揹著消毒藥水，對著街頭巷弄的排水溝嗡嗡噴灑，一時間聲響巨大、煙霧瀰漫，那是蟑螂尚未寫下的屠殺史，走過的路沒有意外皆籠罩在白色霧團中，人群全閃得遠。過沒多久，那些暗藏在進步城市角落的劣等靈魂就如此飄飄渺渺地現出原形，有的沒了鼻息仰天倒立、有的拖著殘了的腳苦苦掙扎、也有的，福大命大躲過塵災慌亂爬向城池未陷之地，馬路上盡是哀兵。它們們大大小小、缺全皆有，是蟑螂的眾生相，也是文明社會必須面對的暗瘡病瘤，人們還是得接受福禍相倚的因果循環，明白文明進步伴隨地無非是天災人禍，美麗與醜惡是親密的孿生兄弟。

我總是輕手輕腳跨越在屍體間，假裝視而不見。

像重複著童年時期無害的跳房子遊戲，跳過一個死亡、兩個死亡，跳過三個四個幾百個死亡，沒有勇氣觀看，有時候，蟑螂屍體被車輛輾過，馬路上一條刷白的痕漬，夾碎著身軀凌亂的零件部位。

縱使如此，我對蟑螂仍舊沒有同情。

蟑螂不像蚊子，還有水墨畫似的纖弱四肢，如果真不願打死，讓它不過分飛一下無妨；也不像蒼蠅，看來又傻又呆，愣著癡肥的腦袋晃來晃去。蟑螂是全副武裝的小型移動砲臺，泛著金屬光澤，行動敏捷，被輾壓一次、二次並無大礙，攜著扁了的外殼仍能利索行走。不僅如此，據說如果將它的頭削去後它仍然不死，還可以活動一個星期，銅牆鐵壁的無頭幽魂，令人想了就害怕。它的腿部會分泌油脂，靠著這些油脂得以飛天遁地，三維度的空間對它而言像２Ｄ平面一樣容易，那使得它走過的路徑也瀰漫著一種嚇人的驚懼。

所以，現在，那隻在我房間的蟑螂究竟走到哪裡，究竟，到底。

家母的電話在此時終於撥通。

接通後，我急著對那頭大喊，媽，你快回來，不要多說什麼，快回來就對了。我媽一頭霧水，聽到蟑螂二字後開始大笑，像我真是在搞笑一樣，我開始懷疑她是否真是我的親生母親。

之後，我媽在我房裡察覷半天，噴了精油，搬挪鋼琴，嘴裡嚷著妳自作自受，平時不收房間，難怪有蟑螂。我無法辯駁，心裡想著我是亂又不是髒，但又礙於人在屋簷還是忍著將那口話連口水嚥下，神經兮兮地蹲在房間外頭，拿著客廳抱枕守備任何可能的夜襲，一點風吹草動又即刻彈跳回客廳，嘴裡大聲叫嚷。怎麼會這麼孬啊自己，這種貪生怕死的心理在一隻小小蟑螂前輕易潰堤，不知道是自己過頭的大驚小怪，還是生過孩子的婦女果然比較強悍，我寧願相信後者。

最後在浴室裡找到那隻觸角靈動的蟑螂。

大約是受夠了我的房間，連著爬進浴室，在牆壁上磨磨蹭蹭，散發光澤。家母半掩上浴室門，露出一道曖昧的門縫，我站在那道縫隙後無法窺視，只能隔著門戶揣想裡頭動靜。現在我媽用掃帚敲了牆壁吧，現在我媽將蟑螂困入畚箕了吧，到底殺死沒，蟑螂是不是不安地亂竄，毀屍滅跡了嗎？屍體處理妥當了嗎？它會不會還垂死掙扎，翻過身來扭動纖弱的四肢，最後在我媽的重擊下暈死過去沉入馬桶湖底無人知曉？想著想著，突然想起前晚看過的日本電影《當祈禱落幕時》，改編自東野圭吾的長篇推理小說，劇情描述走到人生末途的父親，意外擔下女兒（松嶋菜菜子飾演）的殺人罪責，為了避免東窗事發且為女兒將來鋪路，只好殺了一人後，再殺一人、又殺一人。

這就是激烈的父愛（母愛）了吧。

為了孩子，不惜弄髒自己的手，關起門來背對世界在暗處違背意志地殺戮。他們舉起血腥的臂膀，後頭為的是純潔的血緣溫情與善意，那該是多骨肉多堅毅多任重道遠的重擔，但為了古老又無遠弗屆的生殖神話，為了血濃於水的親情感召，他們仍下手了，就像是個義無反顧去死的人。

於是當我媽從浴室走出來後，我真是一把老淚，想著我在一隻蟑螂身上識得母愛，也不管從頭到尾一臉困惑的家母怎麼想她那神經錯位的摯兒。

輯二

「偽少女者的戀物誌」

電風扇

在第六支電風扇確定壞了的那刻，我就知道，我命裡剋電風扇。

我不斷吸取電風扇的生命力，有如白蛇吸取許仙靈氣。最近的那支電風扇，和上一支的死法一模一樣，一夜過後，腦裡的神經電路和軀幹無故斷裂，按鈕按下去不管如何頭呆著不動就是不動。

是什麼神祕力量嗎？我發誓最後這兩次我什麼也沒做，它就自己死了。

在前幾次學來的教訓中，我已學會溫柔對待我的風扇，不會再發生頭被我踢飛，或是旋轉鈕被我的腳拇指連根拔起的事件，放下屠刀，早已改邪歸正，怎麼仍舊會發生風扇壞掉的事件呢？我實在想不出任何值得反省的理由，只能歸因於神祕力量，人類就是因為反省不夠，而能好好活著……只好這麼說服自己繼續使用電風扇，不然我還有什麼臉與它們面面相覷？

聽說一支電風扇平均使用壽命是八年，這麼說來，我應該四十八歲，但事實是，我根本活不到四十八歲的一半。我的人生因為電風扇而突飛猛進，一種身不由己的心情，原來長大就是這種感覺，帶著一種淺淺的悲哀，不斷掏出荷包裡的薪水。

梳子

一個人站在後陽臺，冷風吹著，正拿著牙籤頭剔著梳子。

那是支許久不曾清理的梳子，由於日積月累的惰性，以及過度放任自身的賤性，梳子的底部纏絞著羅網一般的斷髮，沾著灰和油垢，安安分分黏在下頭。此刻是冬季，接近過年，窗外一片毫無性格、霧茫茫的背景下，我裸著腳，踏在冰冷的水泥地上，正耐心地與一支梳子對峙。

頭髮扭曲地環繞梳齒，在不疑有他處打結，像我的人生。我拿著牙籤頭將它勾出一個又一個彎，再把油垢努力地刮掉。偶爾，我將梳子浸泡於眼前一桶泡著殘存洗髮精的水，在梳子上沾滿了泡沫，再轉開水龍頭大力沖掉。

我總感覺，人體本質都是不潔的，掉下的皮屑油垢，還有氣味，才是人的本質。像是沾滿經血的衛生棉，男人腋下的酸味，或是出油的那種黏滑，其實無時無刻不發生。人們努力地對抗這種醜惡，徹底清潔，將自身置於暫時的舒適與良好形象，但總有馬腳可露，當清潔的秩序平衡遭破壞，環境超出認知及掌握，抵抗就小小崩壞了。

然而我並不是那種時時刻刻維持精神肅清的那種人，放任腐敗，放任淪喪，到生命底線時再徹底清潔，像我對待這支梳子。這時總是特別辛苦，必須將形而上的塵垢用力地刷洗，更換偶線，重新整修肢節，接著才能繼續當思想的傀儡，在人生舞臺上搬演新戲。

幸福路

計程車司機時常這樣問我：「小姐，妳有過幸福嗎？」

這並不是一個欲求不滿的中年男子，騷擾女乘客的開場白，也不是一個剛失戀的女孩子，咬著嘴唇在後座哭得死去活來的二流愛情類型故事，很純粹的，因為我家附近巷口有一條，幸福路。

我認真懷疑，當初為這條馬路命名的人，只是為了讓住在這條路上的人們，在坐計程車時，聽著計程車司機說出這樣一句話。

「小姐，妳有過幸福嗎？」

而露出略顯尷尬的表情。（就像是那個老笑話，去買東山鴨頭時，老闆會問妳：「小姐，妳的屁股要不要切一切？」）

明明可以是「美滿路」，可以是「圓滿路」、「平安路」，這些大愛性的名詞置入這個問句時，至少都會產生意義上的不順暢，像是刮了痕的CD，每到了固定的撥放點，會發出噪音，為什麼偏偏就是幸福呢？

我當然不會正襟危坐地回答他：「那個，首先，我們是否應該來定義一下幸福兩個字……。」也不會矯情地像是司機突然戳中了人生的痛點，而咬著手帕衝出車外，僅需要很冷靜地回答。

「沒有，我沒有過幸福。」

「不好意思，麻煩這邊左轉。」

水信玄餅

好人還是可憎一點好。

最好有無傷大雅的缺點，徒留缺憾，讓他人的厭惡得以放置，才真能心安理得地相處。

喜歡裡有點恨，崇拜裡又有輕蔑，這是關係得以維持的最佳狀態。如果可能的話，彼此自知這點而禮貌避開，像自知分寸的女人的腳，乾脆走回各自的領地，大概是關係中的高級貨色。

完美形狀的命運總是衰滅，太光芒萬丈，太讓人無地自容，以致於沒有誰真能卸下心房交往。話語充滿交鋒、生命經驗相互搏鬥，雙方都在比拼思想折疊的沿線多繁複、多立體，多聰明慧黠，在職場上行得通，但連私底下的往來都如此，還真是一點人類學式的純真也沒有。

說到這裡的時候想起了水信玄餅。

這種水滴狀、飽滿又晶瑩剔透的甜點，除了顯露出人們對於純圓樂此不疲地追求外，也表現了破壞的洩欲快感。它看來冰涼透徹，光澤與透明度都符合了輕盈滑溜的最高級想像，但過不了多久就被割裂的碎碎爛爛，沾上厚重的黃豆粉、黑糖，好像生來就是要被殘害一樣。水信玄餅讓人們的惡意很合法，是圓的情色想像的替代性聯想，它也提醒了完美形狀的可怕：美麗伴隨著災禍，幸福暗藏著毀滅，任何過於觸及想像界盡頭的事物只能走向衰亡。

到頭來，水信玄餅終究只能是露水的模仿。

露水會自體蒸發，那是它無傷他人大雅之死亡，人們想盡辦法也無法永恆地保存，如記憶，它的時效性深刻地勾動焦慮，成為作品裡的象徵、隱喻，因為捉摸不到，因為保留殘疾，因而露水能安穩活在想像裡，不在被權力持有的情況下殘破、張裂。

傳統市場

傳統市場，大概是現代網媒過於發達，導致人與人關係更加接近，卻又更加疏離的具象顯影。

走在市場，視網膜像被高彩度的顏料浸染，左手邊、右手邊，前方後方球型環繞三百六十度，全都是人。跟著人的屁股後頭走，左右兩邊人潮安分地進出（到底市場走路動線的秩序，是如何無意識地約定成俗而來？）中間隔著攤販，像安全島，炒栗子、粉粿、涼筍，或是手工布丁，無添加防腐劑。人挨著人，聞到彼此身上的汗水味，帶點酸，攤販鬧嚷著，聲音的競技場，比大聲，比說服力，比如何短時間內，讓消費者明白自己的人生有多匱乏，只要買了這件二九九的涼感褲，A字型修飾效果，一點也不卡垓邊，尺寸任君選。

網路社交其實也相差無幾，時時透漏魚腥臭肉，卻又在路過香鬆攤位時一陣撲鼻。香與惡難以區隔，有時香令人作嘔，惡卻惡得情有可原，還是市場比較可親一些，不用假意對誰好，誰家的水果買回去爛了幾顆，下次就多抱怨幾次。

可親的還是，市場的暴力形式比起網路社交，要來的真實親暱，比如豬肉販子，S鐵針掛勾著豬心、豬腸、豬肋骨，老闆慢條斯理地割下油脂層，血裡來血裡去，一旁縮皺的豬臉皮和連著蹄子的豬腳，似乎與那些油油亮亮的內臟和紅肉無關。覘板上，哀號聲已經過了，死亡過後，只剩平和的欲求，那些欲求呈現在剛炸好的豬排里肌、四神湯裡沉浮的豬大腸，還有人們中午時間肚子鬧鐘般精確地發出報時，如此而已。

主婦們挑選著豬屍支解部位，捏了捏豬五花，又撿了幾塊瘦肉，在一旁掛著的白巾上捻一捻手，將血漬擦在巾上，拇指還微微發著臭。

那些散了的零錢被扔在浸了油、光亮的木板上，老闆老闆娘一手切著豬肉，用紅了的指甲撿起那些油油的錢，找零打包。

這種純粹反而討喜，正常的交易關係，消費者與商家間，彼此的假意熱絡，也延伸出一種許久不見的欣喜，反而變成真的了。

市場中，大戶攤販安置於固定場域，某些游牧民族攤販，品質卻也不錯的土雞蛋、滷味雞腿、肉粽，不定時出現於各處，主婦們熟稔市場圖譜，高效率地盤算移動，這裡儼然是一座小城，規律時間中曇花一現的沙漠綠洲，一群懷著隱性時間表、抽象秩序概念的人們，像是指針同時被磁石劃定方向，沿著同一個場域移動。

又或者，跟著家母在繁雜的交易買賣聲中，彎過一條又一條寂靜無人的小巷（那種反差真使人驚心動魄），在盡頭突然冒出像是一般住宅家中的廚房，賣著家裡常吃的紅燒肉、豆干，一旁還掛著蒸熟的雞隻和油鍋。熟習的滋味原來在這裡，我想，在一個像是誤闖入他人入住的平凡民宅，卻意外司空見慣的場所。

漫畫店

家附近開了二十幾年的漫畫店倒了。

從小看到大的店家，走到現在，才宣布歇業。

其實，許多事說穿了早有預期，剩下的只是時機。漫畫店許久沒進新貨，架上的漫畫發霉發黃、千篇一律，不再靈敏尾隨日新月異的漫畫當代史，定格於過去，拖著歲月的尾巴苦撐，像生一場又臭又長的病。

漫畫店是一對老夫妻為了長期失業的兒子開的，兒子顧了一陣就不見人影，每次結帳的都是老伯。老伯拿著客人五十元中辦的會員卡，仔細刷條碼、將書本放入塑膠袋，再百無聊賴坐回位置，撐著那副老是擦不乾淨的眼鏡。

那衰老的景象和我想像的漫畫天堂實在有所落差，想像裡，天堂的看守者應該是個斯文又聰敏的嗜書人，結果卻是個不怎麼關心漫畫的老人家，毫無生氣地貼著新出爐的月刊海報，擁抱一疊一疊漫畫借進借出，一本五塊，不得賒帳。

學生時期的我在店裡度過一段恍如夢境的時光，看著窮極無聊又有點意思的少女少男漫畫，對於愛情、友情抱持方向偏差的期待。那是並不深刻的閱讀經驗，但至今想來卻令人愉快，能夠奢侈沉浸在光影中，熱情地做著無聊事，不必如現在的閱讀方式，開了一個切口得抽拉出千思萬緒——那感覺，也算是溫溫燙燙地熨過、活過，雖然清淺，卻被曬得舒服。

然而，這段歷史終究得過去，老舊的漫畫店倒了。

站在路口看見時，狠狠地被記憶晃動一會，頭暈目眩，但真正細數起來，大概也五、六年沒走進去。明明就在家中的巷子口附近，卻總是路過，看它安安穩穩地蜷居在那，像多年未聯絡的朋友，知道彼此還有一口氣，就可以放心各自忙去，有空，應該是會聯絡的吧。

這種不具敵意的冷漠，才一晃眼，就真的成為硬梆梆、又死又沉的冷漠，像前一陣子為外公外婆收拾了近八十年的老屋子，那些八十年時間累積起來的記憶碎片，在他人眼裡只是成山成海的垃圾——此刻的哀傷，跳離了第一人稱後，也顯得那麼矯情，不值得一提。

就像多年後，離開了學生時期，我們才發現成人世界提倡的獨立，其實是誰也沒有空真的理誰，誰也沒有真正的耐心理解誰，既然如此，那就各自自立吧；而人們常說的獨立思考，其實也只是讓寂寞的人們，有個能夠發表人生高見的美好藉口，如此而已。

社畜公車

每日早上，帶著睡意擠上公車後，總會被車廂內滿滿的社畜驚嚇。

雖說是驚嚇，但事實上由於過於疲憊而不具驚嚇應有的表情。我想，上班族們大概早就從我菜逼巴的面貌，辨識出初生小犢的生嫩和不安，但他們只用和我相同的面孔看我，甚至看也不看，那是一張又一張早衰的臉，在各自的領地思考、不思考任何事——低頭滑手機、放空、閉目養神，或者蜷在椅上暗自慶幸。公車內，明明人們緊挨著身子狀似親密，那卻是不得已的折衷辦法，上班族面色慘白、形容枯槁，成為一具又一具連活體都懶得攻擊的喪屍，我感覺，「屍速」之所以和「列車」被拼湊在一塊，必定是來自通勤上班族所提供的靈感吧。

從前總認為，最高端的智慧是不感悲傷、不感喜悅，沒有兩個極端值的情緒摩擦，不慍不火，才真能舒心過日。但自從搭上了上班族列車後，才得以明白，情緒平坦如死人的心跳線，那和智慧不智慧根本無關，只是想睡，很想睡，而已。

在這種一個微笑、一句話、一點勞動、一丁點雕蟲小技，都能立即被折合成新臺幣的職場，我感到自身微脆的認知結構又悄悄破碎、重組。「純粹」這一組聽來雞掰有如二流廣告臺詞的詞彙，竟重新跳回腦內第一線的位階排序，它說，不管是從前對任何事物的純粹愛戀、純粹瘋癲，到了職場上，都可能是價值連城的貨品，軀體的主宰者呀，要好好外銷喔，諸如此類。

實在是，令人欲哭無淚。

只能以每日的小小抵抗，將自己攤開在市場地攤上秤斤論兩的人皮捲起來、收置妥當，並在一日又一日懸盪如末日景世的公車窗內，搭配著外頭浪漫的空汙，扭開思維的收音鈕，聽它最低限度的嘮叨，像高中時代的英文雜誌ＣＤ。

如果說，在這些面如死屍的站立時刻，公車正好十分擁擠，人人背對背、面對面都在擁抱的話，那就接受這些肉塊的接觸吧。比如昨日，我扛著電腦包和相機，右手臂摟著一名中年阿姨臃腫的腰背，就這麼一路摟摟抱抱、親親密密地上班去，內心真是法喜充滿。

高速列車

搭乘高速列車是一件奢侈之事。

對於我這種文明滋養出來的軟弱人類而言，坐在高速列車的椅墊算是人生至上的享樂之一。它安靜、無味，整齊又極度的個人主義（看看那些椅墊占據的空間比例、符合人體工學的軟墊設計），我喜歡把鞋子脫了，將腳盤據在座位上，如果可以的話，頭部能有個依靠點，讓眼睛愣愣地望向窗外，感覺自己無須努力，就能超越肉身極限，用金錢換取低效度的時間損耗，某方面來說是一筆划算的生意。

搭車時最好什麼話都不說，沉默是最接近自身的姿態。但嘴巴沉寂時，眼球倒十分忙碌，那種忙和平日觀看大千世界的忙是不同的兩種，不是將人類的生理活動歸入心理狀態的置物籃——那種忙，反而更像平日瑣碎的勞動，將視線擱入風景後就懶得管它了，像老年人在沙發熟睡時仍閃爍發光的電視機。此時的觀看並不產生意義，流逝的時間也毫不起眼，它在自我淺薄的個人史當中沒有發語權，空蕩、懸置、擰不出一點情緒、方正又無趣；但奇怪的是，當眾多凝望窗外的片刻聚集起來時，它就成為蘊含大義的時間集合。

那或許就是人們老掉牙地將人生與列車相互比擬的原因。

磅礴的速度、無法暫留的景觀符號，我們彷彿站在離自身遙遠的觀景窗內，回顧自我的人生，列車就是我們對時間的具象想像，它的形狀、運行的方式，甚至連它的內部構造都與我們的理想人生十分接近。如果用閱讀的速度來比喻搭車的視覺觀感，那應該是充滿狩獵樂趣的讀書方式，在翻飛的紙頁中劈哩啪啦掃視，找到與自身最貼合的詞彙、觀念，接著將重點摘錄出來，畫成直線前進的人生線軸。我時常感覺那種處理記憶的方式非常暴力，它忽略書寫者精心鋪陳出的細節，使得人生成為劇情緊湊的電影，缺乏無聊、缺乏枯燥，而缺乏這些味同雞肋的人生是虛幻又不切實際的——在無趣面前，無人能倖免於難，這似乎才是現代人的真實。

搭乘高速列車因而令人慰藉，至少我們不必在跑馬燈式的觀看上花費心思。

然而，這種藉由交通革新繁衍出的視覺文化，卻又困擾地給我許多新啟示。

某次，從東京前往越後湯澤車站的新幹線上，我深刻體認到不同的地理景觀形成的觀看速率也有極大差異。東京的景觀像黑暗的泥沼，羈滯的高樓大廈、晦澀壅蔽的密集建築，當高速列車穿越都市雨林時，窗戶外資訊爆炸，一秒鐘有上萬的人事物流經，讓人十分疲憊，根本無法好好看清。但鄉村就不同了，那次旅行時正好是秋季，在接近越後湯澤車站的路上，一片一片金色稻田綿延，形成主要的色調基底。乘客觀看到的不再是紊亂的點線，而是大塊大塊的面積，那使人錯覺列車的速度慢了下來，繞著田埂晃悠晃悠地閒走，感覺非常舒服，遠處半山腰浮雲暫留，形成開闊又色彩濃烈的畫面。

視覺的城鄉差距在時速二、三百公里的新幹線上也如此巨大嗎？

明明以相同的時速前進，但在看見窗外風景的一瞬間，忽然懂得地域對於人類行走速度、生活習慣所造成的關鍵差異。雖然沒有親身經驗，但光是根據搭乘列車時所看到的資訊密度、節奏、符號，或者僅是建築體的高矮胖瘦，都能察覺人在不同的時空環境下心態的微妙改變。

我還記得自己下車後，在金色浪潮裡拍照的時刻，一人拿著相機站在那變換姿勢，風將稻穗壓得低，如同陽光的木刻版畫，特別好看，此時，你必須蹲得更低，才能讓拍攝出來的畫面更加巨大。一邊攝影的同時我一邊想，人們欣賞風景的原因大抵都倚賴動物本能，否則，我實在找不出人望著風景而久久不能自拔的原因，那並非調度人類學、社會學的知識體系，就能夠尋找到合理的解釋，不像高速列車上形構出的觀看視線（那是一種混雜工業發展、殖民主義的布爾喬亞階級視線，我們能夠在一八五一年英國萬國博覽會上的電梯發明，尋找到它的發展脈絡）。它更接近文學、更接近好聽的音樂，更應該是人類永遠無法觸及的冰山，沉潛在自我的意識深海之下，終究只能識得它的龐然，明白它的存在，但卻無法透過語言和文字流傳下去。多像生活，多像寫作。

車之道

開車上路，不過三個月的時間。

馬路是人性的戰場，所有性格裡的缺失，壓抑的情緒裂口，有了金屬殼罩住後，全一五一十顯露。脾氣暴躁的從油門加速的時距、跟車的緊密，可略知一二；自視高人一等的由汽車的品牌、超車的次數多寡，也可以輕易洞悉。每位車主只要一坐上駕駛座，就毫無遮掩地將現代社會的煩躁、快速，日常生活的不耐和易怒，流水一般嘩啦啦全流洩出來，像是壓得不夠緊實的米飯，從豆皮壽司的皮裡一點一點掉落。

這種險惡的幽微戰場，是無法容忍一名新手駕駛的愚鈍與猶疑的。

每當我過彎稍一減速，或在路口遲疑徘徊，後方馬上喇叭聲激烈，像掐著頸子責怪你對交通成規的生澀理解，不是早該決定路線和方線了嗎，怎麼到了此刻還畏畏縮縮，躊躇不前，阻礙了群眾通路，三寶當得這樣難看。不知是出自新手的稚嫩、經驗缺乏，還是天生的三寶潛質，每次開往臺北忠孝橋上時，總無法順利悠游於車與車的段落，迅速轉換車道，以致於自己總是待在最左側的車道，下橋後不得不跟著左轉車輛一齊轉彎。因而，無論旅途遠近，自己的車子總會宿命式地開往市民高架橋下，亙古的命運，不散的纏人冤魂，真正算起來，在這短短三個月的開車生涯裡，大抵都在市民高架橋底下度過。

縱使如此，在與市民高架這段斬不斷的孽緣當中，我還是懵懵懂懂地在努力摸索自身與群車的關係，像是Bauman所說的，液態社會的情感網絡裡，為自己定錨，找尋更好的人車相處之道；比如更篤實地相信後照鏡、側視鏡所構築出來的鏡像虛幻視覺、更勇敢地拉近車身與外物的距離、更利索地如一尾游魚，憋氣潛入車身與車身的微妙空隙。大概在豺狼虎豹間，自身還是要謙卑地從一隻安馴小羊，逐漸進化，再躋身列入虎豹之位，從後頭不安分地叭著前面那頭小羊，從容地展現社會化後的優秀成果，才算是真正學會開車吧。

我的開車技術，是從老爸那襲來的。

作為一門現代人必備的技藝之一，人們的開車史，不知和我有沒有差異。

老爸這個中年大叔的歐吉桑窗口，倒是蒐集不少父傳子的有趣軼事，尤其是父親與女兒的版本，大部分的父親，總是在開車的故事中，展現難得的寬容與勇氣，與一般中年大叔的情色笑話，有著意義上完全不同的程度差距。他們的手總是共同握著副駕把手，掌心汗如雨下，剉得要命卻要故作從容，面帶微笑鼓勵掌握自身生殺大權的女兒。有的時候，還要拋下男性自尊，失控地高聲提醒，既怕太大聲嚇著駕駛，卻又怕不夠大聲，不夠嚇著駕駛，總是兩難，像他們一直以來與兒女相處的裂隙，怎麼做，總是有缺失。

據老爸的口述版本，他自身傳授開車技術的成功，來自他堅實的心臟。夠大膽讓女兒嘗試，在交通網絡中橫衝直撞，展現非凡的過人勇氣。

然而，據我的版本來說，大多的時候都是他大驚小怪，明明距離意外發生還有千里遠，他總是像過於敏感的倒車雷達，在三百公尺之外就吱吱作響，太監比他老子還急，當事者怡然自得，只有他一身冷汗。有時我想，是我溫水煮青蛙，在災難來臨前仍渾然未覺，還是他神經過敏，留有女兒開車創傷症候群，在我將他的轎車撞出幾道刮痕，以及將他六萬塊側視鏡差點撞飛之後，對於所有可能到來的災禍，總是惴惴不安。

除了這兩種不同版本的歷史詮釋之爭外，基本上，我開車應沒太大問題。

也是經歷幾次老爸所說的，驚心動魄的事件之後，我的開車技術應該有他口中所謂的，進步神速，他也逐漸寬鬆下緊張的心情，開啟身為一名父親，在副駕駛座上得意自拍的安心模式。某次，等紅燈時，他手機鏡頭轉內自拍，留下一張我一手扶握方向盤，一手對鏡頭比耶的照片，發上家族Line群組後，獲得眾多親戚們的驚異和讚嘆，舅舅說，單手開車是頭文字D才會出現的神技啊，不久後我回答，你不知道，後頭還載了幾箱豆腐，一塊也沒破呢。

諸如此類，日常開車瑣事。

老爸駕訓班的獨門教授課程，至此算告一段落。

老爸不坐在副駕後，我自己開始累積更豐富的駕駛經驗，在群車鼓譟間安身立命、自求多福，每次過彎時，總想起老爸說，我的迴轉半徑總是太大，這長久以來的老問題。那時我想，開車的習慣，和自身待人處事竟不謀而合，表現出過分的客套和有禮，完全一副菜鳥的軟嫩和卑微，與人相處時，總是過頭地維持分寸，拘謹地連手臂也不敢輕易揮動，流了滿身汗水。開車也是，畏懼著挨近可能產生的摩擦撞傷，遲遲不敢輕易繳械，面子像包裹著厚厚一層錫箔紙，深怕只要稍一掀開，經冷空氣吹拂，裡頭的什麼就會一瞬間化去、冷卻，也不知真正懼怕的是什麼。

生活和開車一樣，都是在磨難中逐步練習而更加熟稔的吧。

某次因為研究需求，冒昧地約了知名的策展人臨時訪談，一個人開車前往天母赴約。那日天氣陰沉，風雨欲來，我找了路邊的停車位，費了一番功夫停進去後，關門下車，戰戰兢兢走到約定地點。

策展人是個氣質非凡的女性，身著半袖襯衫，一頭長髮披肩，露出渾圓的額頭。她認真又凌厲地和我說起展覽的諸多細節，從她清晰、有條不紊的邏輯梳理和口條中，可以看出她批判的力道、知識分子的溫柔，和身為一名特殊能動者的憂心與焦慮。訪談的過程中，我數度語塞，老是鬼打牆問了同樣問題，或者在該藉著訪談對象所言，順水推舟持續問卜去之時，無法管住出錯的嘴，摸不著頭緒走向完全錯誤的方向，才過沒幾分鐘，我就緊張地腋下全濕，整個人像被抹了油滑的肥皂，在滑溜的處境中無法適切坐落自身，搞笑又滑稽拚命點頭，眼神游移不知該如何接話，身體如脫韁野馬，越努力想控制越無法無天。

尤其在長輩面前，自身彷彿就被啟動了好幾層的防禦裝置，僵硬的笑容、不協調的肢體、愚拙的問話和應對，都承載著過頭的束縛，就像我的過彎，總無法適時地挨近、抓對距離，使用了許多不必要的空間幅度，反而是另一種危險。直到訪談的最後，策展人愣愣地停頓，突然說了一句：

「你也不必這麼客氣。」悠悠地喝一口水，我才暫時冷靜下來，故作鎮定端起咖啡，咕嚕咕嚕地強灌。

訪談算是順利結束。

但該怎麼說，有種說不上來的遺憾和失落。

開車回去的路上，鬱悶許久的天空下起毛毛雨，我疲憊又軟弱地換檔、打方向燈、轉動方向盤，腦裡不斷回顧著訪談時刻，盤算著該怎麼做會更好，怎麼樣才可以處世一派從容，懂得暗藏的規章，流暢地行駛，帶領自己順利前往嚮往之地。這麼想著時，卻免不了灰頭土臉，只突兀地想起，策展人纖長的手，像極了幼時學鋼琴的老師，她們同樣散發出外省第二代女性的奇異氣質，不論口音，雍容的氣度和收放自如的情緒管理，都是某些特定的中年女青，才會散發出來的共同特徵。

以開車來比喻的話，這種女性們，大概都能幹練地操持駕駛設備吧。

溫柔地禮讓新手駕駛，卻又能在行進的車道上魄力地深踩油門。煞車與油門，順暢地切換，完全不讓乘客感到絲毫不適，怕被震得頭昏腦脹。在紅燈與綠燈的起落之間，悠然提起，輕鬆放下，就像鋼琴老師訓練有素的雙手一樣，手肘的擺放，手腕位置的上下，手指抬幅的輕重，皆散發出成熟穩重的瀟灑態度，令人嚮往。

這麼說起來，這種特定的陰性駕駛書寫，真吸引人。

不同於老爸的風格，開車硬派，總要攀抓綠燈尾，生猛爆裂的加速，憑藉著多年經驗和高度敏感，有本事和來車比拼。這些女性們帶給我另一種處世視野，不那麼陽剛，卻又散發著十足陽剛氣味，我腦裡飛快地翻閱起曾遇過的人們，感覺開車的隱喻和人的脾氣、馬路和社會網絡，關係又近了一些。大概汽車是都市社會的完美象徵吧，待在自身的鋼鐵舒適圈裡，在馬路上養成自成一格的混世氣魄，說起來其實也是拿著性命，勉勵地於路途中前行，像日常的磨難，大多時候也是持著命在操持，是平凡無奇的消耗，不具戲劇性的危機。

開車這件事，我得努力學著。

驚喜包

職業為小學教師的家母，近期開發了新的正增強物補給技巧。

她把腦筋動到了一包新臺幣八十元的驚喜包身上，換句話說，若是能團購到幾包品質不賴的驚喜包，除了內容物本身的總價超過八十元之外，又能將內容物拆成幾份不同的小禮物，讓學生依照自己累積的點數抽獎，既超值又合意，真不愧是精打細算的家庭主婦。

下訂沒多久，驚喜包連夜宅配至府，包裹在厚厚的大紙箱中，一包又一包整齊堆疊。驚喜包封面印著可愛的卡通柴犬，花俏絢爛，每份的外觀並無太大差異，在光線下腫脹著肚腩，勾勒了美好寶藏的想像輪廓。它們挑動了人們本能的窺視之慾，想一探掩蓋在薄薄一層紙下的究竟是什麼，雖然可想而知大約僅是些廉價的鉛筆盒、筆記本、貼紙或橡皮擦一類，但它真正販售的不是物品本身，而是幽遠又具卜算性質的神祕命運，是一種搔癢，一種介於擁有及缺失間的曖昧觸動。

收到驚喜包之後，我才發現家母多年未顯露的摸骨天賦。

和我一樣興奮的家母，就像路邊擺攤的眼盲算命仙，仔細地摸著每份驚喜包的包裝，像在摸諸位眾生的手，透過質感、凹陷的深淺、形狀、大小，來來回回撫摸一遍又一遍，就那麼片刻，我感覺她洞悉的已非萬物之形，而是悠遠深邃的天機運命。她參透骨形和義理，嘴裡飛快閃過一句句呢喃：「手提袋、鉛筆盒、筆記本、膠水……。」接著大喝：「有了，就是他。」如同醍醐灌頂於那些飄盪浮世的紅男綠女，挾持著清醒的腦袋，澄澈的雙眼，凌厲又魄力十足的氣勢，向我鐵口直斷手中這份驚喜包的出類拔萃。

結果是令人驚嘆的，那些被家母選中的驚喜包，果然塞滿寶藏。

有的裝著菇菇文具組、卡娜赫拉便利貼，甚至還有妖怪手錶的壓式彈跳水壺、拉拉熊的帆布後背包，越開越驚喜。母女倆看了愛不釋手，除了把幾個可愛的商品留下外，每當從袋裡掏出一份物品，我和家母就驚呼一聲，完整貫徹驚喜包存在的使命與初衷。

奇怪的是，明明開封的淨是些不符合自身美學品味的庸俗商品，但彷彿只要裝在袋裡，物品就成了難得一見的珍稀玉器，幸福果然是藉由比較而來的嗎？在更迭起伏的情緒間，在優劣參差的驚喜包之間，真正吸引人們的並不是內容物多姣好多美麗，而是揭開謎底這種反覆行進的儀式，以及如同上帝般俯瞰洞見、比較選擇的權力。

這道理，是不是和戀愛有點相似吶。

在我們與他人曖昧的過程中，如同摸著驚喜包的表面，到底底下藏著些什麼呢，會是什麼不可思議之物嗎，帶我領略新的風景、新的觀點，給予我前所未見的驚喜，也許愉悅，也許失意，但戀愛就是迸發於憂與喜之間的酸甜果實，沒有驚喜和神祕，或許根本稱不上戀愛了吧。我們會付出更多心力了解彼此，更謹慎地撫摸驚喜的外衣，但當我們拆開了包裝，拿出了那些物品，終究要回歸日常，那些內容物會隨著時間變舊、壞掉，越來越食之無味，甚至煩冗討厭，無法給予足夠的社會支持，那麼，戀愛至此刻可以說是灰飛煙滅。

說起來，是如此膚淺又不堪一擊的易碎物。

但還是夢幻得令人神往。

我和家母坐在沙發上，身邊堆滿一包又一包拆封的驚喜包，直到家母阻止我繼續拆下去，「還有幾包要送人啊，不能再開了。」家母這麼說。我忍不住繼續摸起驚喜包的外包裝，這是水壺吧，貼紙吧，這是便當袋吧，這個軟軟又方方的東西是什麼呢……畢竟戀愛是讓人如此執著的東西，懷抱著知識分子窮追究底的心態，真是無論如何都想瞧一眼。

就在這種被情緒沖昏頭的狀況中，母女倆拆了幾十袋的驚喜包，驚喜包在周邊環繞成一座小山，真讓外人疑惑這對母女是不是驚喜包的批發商，將驚喜流瀉的眾人皆知的不肖廠商。

戀愛還真會讓人陷入雲深不知處的窘迫情況中。

不過，在清醒前，先讓我把卡娜赫拉的便利貼拿起來用再說。

彈珠臺

心情煩躁時，我會和C一起去淡水老街打彈珠。

打彈珠並不是什麼不良嗜好，既不是酒，也不是菸，不傷身也不成癮，就是情調差了點、姿勢醜了點，遠遠看像穿著短褲臭著臉的幼稚小鬼，正一把一把抓著塑膠盒內的錢幣揮灑進機臺，一絲一毫成人的穩重氣質也沒有。但我還是無法欺騙自己，打彈珠就是很爽，看看日本小鋼珠店成排成排寂寞的歐吉桑，那是同一種都市情緒，同一種無從消受無處發洩只能對那些叮叮咚咚的小珠珠滿懷期待的嚴肅莊重。然而，臺灣的彈珠機臺究竟有不一樣的氣味，它賭性不烈，又充滿陽春的鄉土感覺，就算與柏青哥把持著近似的觀念，它仍像幼兒扮家家酒組合中的塑膠刀，殺害的模仿而非殺害本身，就算中了大獎也不能換成白花花的銀子，大不了多幾顆毫無用處的彈力球，或多換一組玩具廠批發進貨的廉價玩具。

我和C有一陣子去人家的彈珠店玩到老闆已識得我倆的臉。

老闆問我們，要不要辦會員卡，每次累積的點數可以集點換大獎。

一時間，我也不知該說什麼，只對自己惡劣情緒發生的滂沱次數感到情緒惡劣。除此之外，還產生了原來彈珠店還有申辦會員這項服務的恍然大悟。

打彈珠的時候，大力拉下機臺把手，在嗖地放掉，令人非常痛快。一方面，那是一種人類對於自身力量與身俱來的滿足，挪動手臂施力拉扯後，接著一聲不響放手，無拘無束，我老是心裡想著如果工作也可以這麼辦就好了；另一方面，當彈簧將拉桿快速地反抽回去，機臺被震動地發出巨響，裡頭充滿一種稚兒的痛快，像打爛堆疊好的積木城堡，充滿擊潰完美物形的惡趣味。

彈珠會順著軌道發射出去，歪扭在崎嶇的釘子間，那種無法預測之感，正是人心最賤的落點處。當你預期彈珠走上A，它卻在門口處甩頭一扭偏向了隔壁的B；當你預期彈珠又能順利地落入C，它又徹底大翻轉掉進H，最後，當你自暴自棄想著這次絕對又不成時，彈珠又乖乖掉入紅心。這到底是什麼貓性子，是什麼戀愛詐術，總是被沒有生命力也沒有靈魂的珠子牽著走，被它一個步伐，一個踰矩又滑溜的尖刺，扎得搔癢難耐，折騰得半死但你還是愛。中獎後，根據機臺種類分為幾種結果，有的掉出更多彈珠，讓玩家陷入無止盡的循環儀式。而我特別喜歡的是另一種，從票口一連輸出獎券，端看你籌碼下的多寡、中獎的級別，獎券的數量就會跑出多少張。

直到現在，我皮夾裡放的不是男友C的照片，卻是兩張彈珠臺票券，緊緊相連——我特別喜歡票券與票券接縫的虛線，那是異常脆弱又緊密的切割，是乾脆又不乾脆的接合，是生離死別，因此以此誌之（但更多時候，其實只是偶然置入後一直懶得拿出來，一閃也好幾年流經）有時我甚至覺得它的隱喻性比求婚鑽戒要有趣許多。

過去，我爸曾幫我和妹妹親手製作了一面彈珠臺。

那是爸爸這種社會角色，與刻板印象裡修繕各種家具的職務角色最接近的時刻。他在書房裡敲敲打打，拿著長尺與筆，用著我沒印象的工具設備鋸木頭、畫線、敲鐵釘，熱情勃發地工作幾日才完成，成果是一面毫無裝飾的彈珠臺，像一張清清白白的臉，上頭規矩地畫著鉛筆痕，計算釘子與釘子間的固定量距。彈珠落點的軌道底部，橫亙著一條可拆卸的木板，只要將它拿起來，彈珠會嘩啦啦地重新掉回發射位置；彈珠臺的彈簧把手則以鐵尺替代，將尺方正的頭卡進軌道後，再放上彈珠，十分愚拙地推送出去，讓彈珠彈落在鐵釘間，發出匡噹匡噹清脆的聲響。據我爸說，他在製作木板與木板的銜接處時花費不少心思，當時我沒太大感覺，只覺得能玩就好，還覺得只能靠在牆面沒有支撐的彈珠臺座真不便民。

如果有同齡的客人來訪，我必定首先邀請他玩彈珠臺，原因無它，因為那一面十分佔位的彈珠臺是客人首先注意到的龐然大物，也是外人家裡少出現的玩具。大量的玻璃珠子彈珠轉在鐵釘間的聲音，直到現在還令人記憶深刻，明明只是書局買的兩包彈珠，對於成人而言聽來頭痛的稚兒玩具（珠子丟了就不知散去哪太煩人），但成群結隊排入彈珠臺後，扭轉在各個無形渠路中，靠近又遠離、碰撞再分別，像是無法掌控的運途一般各自落入命運口袋，清脆、甜美，又充滿夏日巧趣。

那是一顆珠子、兩顆珠子模仿不來的聲響，也是在方正的規矩之內，才有辦法收束攏合的機運與力學。珠子們無法掌握、面貌迥異，卻又安置在相同的框架，有著近似的線路邏輯，它們走過的路徑時而重疊、時而另闢蹊徑，最終才掉入成排成排的計分表。彈珠臺於是成為小型的命理圖譜，翻印著打珠子的人臉孔上的凹痕線路，像一掌苛薄的紋印，游移在可預測與不可預測間，令人心癢難耐。

對於爸爸做的彈珠臺，大致的回憶便是如此，長大後彈珠臺就被扔了，扔掉時還有些捨不得。

或許是因為這樣的緣故，對於彈珠臺感到特別親近，濫擲那些荒煙蔓草、發白又疲憊的時間，一人獨坐俗氣的塑膠椅（這時的雙腳必定要隨意岔開擺置），皺起眉頭，按定按鈕，若有似無地調整力道和角度，一次又一次，把自己發射出去又調轉回頭。

直到玩完了彈珠臺，硬幣一個也不剩，再拿些塑膠玩具回家，重複著相同的循環，日常的齒輪又可以無關痛癢地轉下去。

嘴邊肉

臺北幾乎很難再找到一碗新臺幣二十元的滷肉飯，家附近就有那麼一家，窩藏在低矮的鐵皮板下，人間美味，顧客絡繹不絕。

像個老賭徒的祕密俱樂部，光臨的老主顧皆熟稔店內秩序，他們一到店面，便俯身向老闆呢喃，拋下一句又一句神祕的暗語：「兩碗大滷、燙青菜、油豆腐、一碗肉羹……。」不用菜單，不用排隊，老主顧散漫地站在店門口，扶著機車龍頭，穿著夾腳拖，在燦爛千陽下打呵欠、抖腳、閒散地滑手機。老闆則呈現完全相反的面貌，他是個頭髮半黑半白的阿伯，頸子彎得極低，像一隻無形大手將第三節頸椎拎起，整個人懸在空中一樣。他精明幹練、腦袋堪比速食連鎖店系統化設備，臉譜與詞彙對應歸檔，A點了什麼，B點了什麼又修改了什麼，清清楚楚，有條有理。

時常覺得那景象像一幅西洋畫。

垂頸的矮小男人，臉部有稜有角，方正的腦袋和軀幹，如一枚蹲臥的西洋棋，一手拿著大湯勺，一手拿著鐵杯，正不輟地盛著眼前又香又濃的羹湯，明鏡似地蒸騰著熱氣。不過，說起來是一幅安插著臺式符號的西洋畫就是，身旁肥瘦勻稱的滷肉湯汁，游滑入蓬鬆白米粒之間，一碗碗端正地坐擺；再一旁是圓形的燙麵鍋，從高湯裡撈出燙青菜、油麵、米粉，於空中甩盪湯汁，快速盛裝，扭轉塑膠袋頭；以及陳列著豆乾、滷蛋、海帶各式滷味的透明展示櫃，多年來我為那櫃裡半剖的金黃滷蛋魂牽夢縈，怎麼能那麼好吃，浮誇地令人想演周星馳的食神。

以老闆為中心，接收到訂單訊息後，大聲疾呼，店內的太太、阿姨們便悠哉悠哉地煮起食材。應該是一家人吧，談笑風生的話裡袒露著刻薄，那該是多親近的關係距離，才能將花白刀鋒展露而無傷大雅。小店裡的性別生態特別有趣，阿姨們穿著素雅，互相說笑，若有似無地搭理老闆，偶爾還要多加催促，才將手邊的工作完成；她們集體散發出一股炎涼氣息，那是中年女子的日常味，幹練地勞動，怡然於爐焰、菜刀，和各種形態的萎靡豬肉間，氣魄十足地下刀、盛舀，那是時間碎末聚合而成的老練、哲學和處世之道。身為老主顧的我，不禁對於購買餐點附加的百態，備感物超所值，甚至覺得沒有親自前往購買，餐點就少了那麼一味。

嘴邊肉，也是店內的招牌之一。

事實上，我是不吃嘴邊肉的，並不是討厭味道，而是對於不曾嘗試過的食物抱持絕對敵意，就如此與美食錯過多年。直到最近，才終於上網查起了嘴邊肉的來處。

嘴邊肉，又名菊花肉。

我接著輸入關鍵字，電腦螢幕跳出「豬的屁眼肉」、「肛門肉」。

才正要對嘴邊肉產生好感，又馬上入地獄，我點進去看了資料。

嘴邊肉，又名菊花肉，它不是豬的屁股肉，只是紋路像菊花的形狀，才被稱為菊花肉。嘴邊肉是豬舌邊的臉頰肉，因為是咀嚼肌，平常不斷的運動，較無油花，肉質軟卻帶嚼勁，切片汆燙、煮湯都十分美味，是臺灣攤販常見的美食。

嘴邊肉，這個名字取得真好。

這世間人們的嘴邊肉也特別發達吧，不管是在背後說長道短，吹噓互捧，或者說教、抱怨、高亢大吼又捧腹大笑，每時每刻都在運動著嘴邊肉。那該是人體最鮮嫩最富彈性的一塊肉，是話語的形式、味覺的載具，人們賴此翻疊出說話之道、樂音、食物記憶，有時令人幸福洋溢，有時卻又讓人怒不可抑（比如老闆尖酸刻薄的話）。嘴邊肉也是最邪惡的一塊肉，助人進食，將高熱量、高油脂，又富含現代社會各種化工成分的食物咀嚼分解，胖了肚子、胖了頸子，嘴邊肉本身卻特別精實，它的勞動餵毒似的，但人們（至少我）卻對此樂此不疲。

那日，經過愛店時，終於點了人生第一碗嘴邊肉湯。

該是什麼感覺呢？除了用嘴吃了別的生物的嘴，從心底萌生的些微愧意之外，破敗的人生因小小一碗湯，暫時萌生出幸福的念頭。高湯裡鎖著火焰，一口接著一口咕嚕咕嚕地喝下肚，經過喉嚨、食道，抵達胃，像在豔陽下澆淋一盆枯萎的草，每個細胞又幫浦似地被灌滿；如果此時，再配上一口嘴邊肉的話，香氣和質地又完全不同，肉的紋理溢滿高湯，油油亮亮，搭著薑絲一起入口，簡直是口腔內部的按摩ＳＰＡ，連接著體內複雜崎嶇的系統線路，世界好像又被擦洗了一遍，光明透亮起來。

這種幸福的小道，真的能翻轉一日的壞運。

嘴邊肉因而也納入人生介面中，能產生多巴胺的快樂之鈕之一。

最主要還是，在磕磕撞撞求生的人生旅途中，終會想起有那麼一間熟識的店，正以熟識的方式，賣著熟識的美味。不管是在人倫事理間低矮身子，從縫隙與縫隙中塞擠過去，或者扛著情緒包袱，將面子像碎玻璃一樣全掃了扔掉，只要到了愛店面前，毫無顧忌吃著嘴邊肉湯、滷肉飯、各式汆燙及滷味製品，就能回憶起胃部翻印的記憶模子，透過這種安全感的回歸，人又被擺至於同一個連續脈絡下，召喚起往昔的種種，藉由平民美食指認存在。

大概就是一種鄉愁。

新電視

如何提升並開闊自己的視野？

首先，你需要更換一臺SONY X9000F的電視機。

自從我家換了一臺電視後（現在還有人說電視機嗎？），每每進家門，實在很難忽視那一張超高畫質的大臉。官方網站是這麼形容這項商品的：「極致對比見證真實細節」、「雙影像數據資料庫有效降噪且提升畫質，讓您看見更多細節」、「前所未有視覺體驗ＨＤＲ技術」，接著隨後附上許多炫技的專業術語「高對比進階版高光感精準背光技術」、「極瞬明銳影像技術」、「超極真影像處理器X1進階版」……這種文字密度和令人費解的資訊內容，建構起深具說服力的敘事權威，唬得人一愣一愣。但其實它真的滿厲害的，我和家母轉開動物頻道，讓電視顯影色彩鮮豔的花蕊和羽翼飽滿的蜂鳥，節目正在介紹一種祕魯的叉拍尾蜂鳥，電視每秒通過的電流、走過的機電迴路和液晶，呈現蜂鳥尾部的兩根尾羽上下拍動的線條，彷彿攝影鏡頭，寫實複製兩根纖細的流線。那實在是絕美的一刻，這對母女超越時空限制，存活在SD卡上歷經篩選的短短一隅，那一串複雜的寫入檔案、無盡的轉譯與媒體內外的流通渠道，都導向氣味濃烈且質地深刻見血的精細模仿，簡直令人看了入神。

但見識過新電視的厲害後，我和家母再也沒開動物頻道。

那大概是為什麼賣電視的店家都喜歡播動物頻道的原因，一方面能呈現電視精良的品質；另一方面，雖然內容優美，但過了幾分鐘後不禁讓人精神渙散，如此可以避免客人看出神持續停留店面，確切把焦點轉移到電視本身的功能性身上，一舉兩得。

相較起來，從前那臺舊電視真是年老許多。

舊電視總共使用了十年，幅度比新電視小兩倍，直到晚年，它的臉上生出一大塊白斑，幽微地潛伏在螢幕表面，隨著時間逐漸擴大，像一場無可挽回的悲劇，為每一臺頻道、每一刻出現方框裡的人與物，搭配強烈美肌效果，讓坐在前面的觀眾彷如配戴一副擦不乾淨的眼鏡，觀看世界景象都恍隔一層霧簾。

縱使如此，那臺機型衰老的電視，仍盡心盡力地帶回所有消息，其中包括許多無意義的廢言廢事，比如笨拙的連續劇搬演，演員用著粗糙且完全不合邏輯的行為反應，串聯起失真的現實調度；但我和家母仍舊會義無反顧地觀看，像嚼食垃圾食物，腦袋維持著瑣碎的低速運轉。

同時，也有許多美好經驗是和舊電視一起度過的。我在那一小框奇幻且絢爛的魔術小箱內看了好幾部扣人心弦的電影和影集，各種類型、各種文化語言，它用視覺操縱人心，每一波情緒起伏、每一次心跳的遽升與陡降，都和眼前搞笑的韓國綜藝節目、驚悚駭人的美國鄉村推理命案，或者暗藏細膩隱喻的亞洲電影隱密隨行。尤其年歲增長後，就莫名其妙開始喜歡看B級片，那些荒謬又脫序的情節劇情，亂七八糟的主角人生，總讓我淚流不止。我感覺，既然不忍心為自己苦悶的人生而哭，那就為他人的B級人生哭得痛快吧，除了讓自己顯得不那麼悲慘之外，哭過之後似乎又能好好面對人生，有益無害。

如此一想，不只是我看著電視那張好看的臉好幾年，電視大概也看了眼前那名鼻孔捲著衛生紙、眼皮浮腫的女子許多年。

地理講義

高中時期，也許是因為喜歡講色情笑話的緣故，我被選為健康小老師。

這真是令人羞赧的一件事。

不是意氣風發的體育小老師，或者又正又文青的國文小老師，卻是不知所以然的健康小老師。從來不擅長應付這種主副依從的關係，我與健康老師之間的情誼完全是分字的兩個筆劃，床頭不吵，也沒有所謂合，她說A我就做A，B就是B，貌合神離，公事公辦。印象中，她是個滿好看的主婦，皮膚也繃得緊實，就是講話聒噪了些，拿著麥克風嘰哩呱啦叫我們摸出假胸部硬塊的位置，講解排卵期之類，事實上，也沒人記得她講過些什麼。

近期和高中友人見面，才想起擔任健康小老師崗位一職時，發生了那麼件事。健康老師差遣我去辦公室拿安妮（ＣＰＲ練習用的假人），但那時腦袋大概是塞了，也不知道假人的代稱，淨想起張惠妹的的麥克風叫小白，就從辦公室拿了麥克風給老師，心裡還想著，多討喜的婦女啊，還將麥克風取名為安妮呢。

現在想起來，在班上有一陣子的綽號倒成了安妮。

健康老師的白眼，翻得也是滿絢爛滿華麗的。

聚會的時候，高中友人又陸續講了幾件往事，自詡為人倫事理記憶小天才的我，卻不斷說著：「還有這回事啊。」、「完全沒印象了呢。」、

「怎麼可能，這種事應該會印象深刻才對。」……這種話，腦袋像被挖土機掏空的山壁，記憶什麼的，是不是都被做成水泥賣了，各種恍若不在場的驚悚感受，像在聽著與自身八竿子打不著的故事。果然人還是需要朋友的，自身的口述歷史，有時得經過事後建構，才能彌補種種金魚腦的先天缺乏；要不然，高中記憶裡，除了中午便當之外，可能再無其他。

考大學那陣子，也發生了那麼件事。

回外婆家看老人家，趁著空檔，坐在餐桌上，認真讀著地理講義。

那時很喜愛班上的地理老師，與其說是對地理感興趣，更多時候，是對在世界各地遊走的老師本人有興趣。她和健康老師是完全不同類型的女人，與精雕細琢絕緣，一副游刃有餘行走世間，本領簡直比電話簿還厚的樣貌。講義是老師親手編撰的，每次上課發一頁，抄滿了密密麻麻的筆記，上地理課時，我也特別專心，看著五顏六色的字跡，充滿成就感。

正認真讀著的時候，外婆君代搬了張椅子在我對面坐下，帶著一抹奇異的微笑看我，一幅畫似的。我看她一眼，沒有太多理會，不久後，君代起身離開，從老舊的抽屜裡翻出一條泛黃的膠帶，回頭要將我的地理講義黏成一本，方便我翻閱。

「阿嬤，不用啦。」

「來啦，阿嬤黏啦。」

「阿嬤，真的不用啦，不然我自己黏。」

「哎唷，不用啦，以前那麼多小孩，誰的課本不是我黏的。」

半推半就下，只得拱手將地理講義讓給君代。

君代變形的手指將膠帶沾得指紋遍布，懸在空中的手發抖著對齊頁腳，謹慎地剪裁，用心地張羅。

接著就黏歪了。

「阿嬤！」我著急地喊著君代，看著膠帶橫掃過「溶蝕作用」四字。

君代緊張起來，手腳變得快速，又剪了好幾段膠帶胡亂拼貼，氣泡潛伏在膠帶裡，慌忙地被君代堅硬的指甲推開，一條一條如同蚯蚓，隆起於書頁。反覆幾次後，君代彷如大藝術家，謹慎地修邊、輾壓，完成一幅得意的馬賽克作品，慎重地將地理講義交給我。

「好。」

最後，她這麼說。

時常在想，我的人生是不是在高中地理講義那時就走岔了路。

和高中友人相聚時，愉悅地談起過去，和舊人們曾經待在時間的肉裡，削著鉛筆筆尖似地進行日常，直到今日，各自在不同的工作領域繼續磨損、耗怠，時而愁雲慘澹，時而又樂在其中，好的、壞的，立竿見影，但我怎麼總是處在這種荒謬可笑的情境中呢？

黏壞的地理講義，現在講起來，講義內容還真忘得一乾二淨。

惡意的捉弄，使人發笑的執意，卻在不知不覺中留了下來。

大概是記憶的濾網，在篩選環節出了不少紕漏，歷經滄桑的樣子，和地理講義簡直毫無分別。

金魚與花魁

維基百科對於「寵物」的定義，有一長串有趣的解釋：「寵物，又稱伴侶動物，是為玩賞、伴侶，而飼養的動物。一般是指人為了消除孤寂或娛樂，其中貓、狗、兔、鼠、鳥和魚最為常見……由於人們對寵物的需求很大，導致市場的出現，但許多動物從野生到達市場如鳥類貿易市場之前，會導致不必要的死亡。」這串文字似乎刻意地顯現自身扁平的思考進程，關係建立的目的是為了「消除孤寂」、「娛樂」，一點欲蓋彌彰的禮貌也沒有，說話不留情面還帶著諷刺意味，讓平時冷冰冰的網路百科性格起來。

頁面的下方，列出幾項明確的寵物名稱：「澤西長毛兔」、「荷蘭豬」、「和尚鸚鵡」、「孔雀魚」……，寵物與非寵物，竟可以如此明確地劃分嗎？這群面相迴異的生物，有何相似的特徵，能被化約在相同的集體內？在「寵物」這個詞彙興起的當代社會中，一種人和動物新興的相處之道應運而生，某些經刻意配種、馴化的「後現代動物」，如同商業電影中基因突變的物種，在文明的培養皿內，帶著違悖生存本能的性徵活存下來。牠們服膺著刻板的美學想像、人們的情感依戀，經過再三地實驗、育種，成了資本市場中人性與商品的綜合體，畸形的變種。

人與金魚，也體現了這種後現代關係吧。

那日，在日本橋參觀「金魚藝術展」系列活動時，我望著那群雙眼浮腫的水泡金魚，正若有所思地這麼想著。

金魚展，是百貨公司夏季舉辦的活動之一，每年一次，至今共舉辦了十二年，地點位於百貨公司四樓，人潮絡繹不絕。以江戶時代的美學概念、物件，配合科技投影，設計出一個又一個驚人的魚缸造景，夾雜著五光十色的玻璃杯、彈珠、透明容器、數量驚人的金魚，創造出難以想像的金魚奇觀。

剛走進展場，就可以看到廊道上方擺置著天井魚缸。

我從沒從下方這樣看過金魚，像待在魚缸的底部，可看到鏡子折射出牠們肥碩的軀體、飄逸的魚鰭。據說江戶時期就有這種展示法，商賈耗費高成本在天井中打造魚缸，目的就是為了從池水底部觀賞金魚。

這種角度觀賞確實有其魅力，可以看見金魚厚實的肚腹、尾部彎曲的造形；但是，這些被關在狹窄空間內的金魚看來似乎有點可憐，牠們面目呆滯，活動空間僅只有約一個拳頭大，各個疲憊如一隻開口笑的舊鞋，底部沉積著魚屎。牠們精神耗弱地躺在五光十色裡，背景變化著高彩度的燈光，與斑斕的魚身相互呼應。

人們競相著拍照（我也是糊裡糊塗人潮中的一名），廊道水泄不通，待了一陣子才終於擠進主展場。事實上，天井魚缸不過是眾多展示手法中的一隅，令人驚訝的還在後頭，金魚鑑賞經過多年的流傳與演化，正以我無法想像的文化型態出現在眼前。

展場內一片漆黑，各個不同的魚缸幻發著LED彩光，最大的水缸是歷年都會展出的《超・花魁》，多邊體的主缸裝著約三千隻的紅色金魚，上頭連接著切割的柱腳，從六個銳角處降下水流，又注入至下頭裝滿彈珠的透明柱體。不同的魚種哀豔地漂流在容器中，或大或小，擠兌於邊角，在晶亮的玻璃杯、圓石和玻璃碗內，漫無目的游水。成群的金魚看起來竟是這樣子的嗎？一時間，眼花撩亂，不知道該看哪隻魚才好。

我走在魚缸間，一邊閃躲人群，一邊思索著展場美學的脈絡。

從地域上來看，或許和花魁有很大的關聯。

日本橋，在江戶時期為「吉原遊廓」，不僅是漁獲的集散地，也是性產業的重要領地。至今仍可想像，遊女坐於欄杆內，展示著臉孔、衣著，端正領口等待男人上門的模樣，此地正是聚集著性、歌舞、美食……浮夢的忘憂重鎮。在這個性產業的金字塔結構中，又以「花魁」為最上乘，不同於一般遊女，花魁集美貌、才華、滿腹辭藻於一身，與外界維持著若即若離的關係，如同金魚的尾巴，在水裡呈現半透明的光澤，優雅地垂降。花魁穿著服飾，踩踏木屐，她們服膺的美學如絢目的魚身，波光粼粼、錦繡斑斕，販售著江戶時代最勾人心魄的愛情毒藥。

花魁行蹤成謎，男人想擁有她，必須見面三次以上，還不見得能受其青睞。人們不能掌握花魁，正如同觀賞金魚，總得隔著玻璃、隔著水，她是人工美學的最高典範（令人妄想的美貌、與身俱來的桀驁、伶俐的腦袋和控制得宜的輕蔑），是在這五光十色的魚缸中，出落得最標誌、最昂貴的金魚。這不禁讓人想起動畫《百日紅》中的花魁，搽著脂粉的側臉，在夜色與燭火之下閃動，每到夜晚，她的頸子就會無限制地伸長，將頭顱帶離軀體，既詭譎又瑰麗。

漁獲與性，就在諸多的文化變形下，成為金魚與花魁。

她們柔弱又雅緻，活在美的框架中，不具野外的蠻勁與酣暢。

展區後頭的《大政奉還金魚屏風》，最能顯現這種美學框架。屏風形狀的魚缸中，一區一區放養著顏色近似的同類品種，魚體與影子，照映至後頭的白色螢幕上，如夢似幻。屏風所營造出來的美，是被壓抑的美，是收束得宜的美，金魚與花魁規矩生存於其中，成為刁鑽的追求者，死不足惜。

「我看，展場氛圍有點像臺灣的湯姆熊呢。」舍妹這麼對我說。

「湯姆熊是這種夜店風格的走向嗎？」我回應。

「你不知道嗎？美麗與俗爛只有一線之隔。」

這是我與舍妹看完金魚展的評價。

金魚承接著歷史源流，經過當代對於性與美的想像，竟合體成夜店風格的美學走向，突然間也不知該哭該笑，只草草地繞了繞，沒一會就離開了展場。

如此看來，人與金魚的關係，因而不像貓狗，以樸素的家人關係並存。牠更像Berger提及的觀看視線，男與女、上對下、殖民與被殖民，金魚為滿足人類的視覺而生，並不能將人本主義的傳統套用於牠們身上——事實上，缸裡那些雙眼翻天、眼周浮腫著水泡、額前肉瘤般腫大的魚類，本身不具野外生存的本領，牠們是人類培育出來的變種——體型肥大、泳姿緩慢，視力不佳不利於搶食。既沒有對外求生的先天優勢，也沒有野外魚種強悍的生命力、狡黠的應變，僅為被養在缸中的水裡貴族，軟弱又尊貴。比如為模仿獅、虎霸氣神態的獅頭、虎頭金魚，能招財納福；飄逸著眼旁水泡，模仿花卉、水露模樣的水泡眼金魚；以及眼球向上翻轉九十度，具有仰望天子之意的望天魚。

牠們是文化的模仿，人工的活體。

帶著社會慣習、文化符號，又保有生命氣力的異種。

走出展場後，我看見外頭的咖啡廳販賣著飲品與甜點。

冰櫃裡擺著錦鯉花紋的瑞士捲，遠遠看像一條被剝了皮，癱軟在冰箱中的魚屍，鮮豔華麗；桌上人們的飲料杯裡，游著各式各樣可食用的金魚，不管是人工軟糖、糖霜，或者塑膠飾品，牠們畸形可笑，在人們的談笑風生間浮浮沉沉，翻肚垂眼。外頭的陽光照入落地窗內，群眾在紀念品店喧嘩、購物，我閒散地翻了翻魚眼突出的塑膠金魚吊飾，和舍妹又隨處晃了晃，過沒多久信步離開。

這種時候，突然不好意思起來，面對這些介於活與死、光明與幽暗，以破敗之姿偈於缸內的群體，竟不知要擺出何種態度才好。

大概命運有時衰敗地如此美麗，使人不忍，卻也無可奈何。

輯三

「老少年大人」

丁醫師

近日去健身房，在伸展室使用健身滾輪時，突然發現，隔壁一旁拉著筋面目猙獰的男子，竟是總是一臉衰樣的丁醫師。

他的臉部極度扭曲，一時我才會意過來，幾年沒遇見他，那張衰臉一點也沒變。丁醫師是以前樓上的房客，我並不認識他，他老是那個樣子，整個人像泡過水的發白毛豆，蒼白無力，隨時都要爛掉的樣子。在旁人眼中，他的人生簡直是一張白紙，沒有複雜的男女關係，不菸不酒也不晚歸，除了半夜會在家裡跳繩和跑步外，沒有其他不良嗜好。

那種貧乏和一成不變，就算到了世界末日也沒什麼兩樣吧。

丁醫師在附近的小診所看診，某次重感冒，臨時去找他看了一次診。他看到我也沒有特別的反應，就和平常偶爾在電梯裡遇到時的表情一模一樣，我們之間似乎連最粗淺的鄰居關係也不存在，只在這個小診所裡，被支配成為病人及醫生這兩個角色，一點火花也沒有地搬演戲劇。

丁醫師抖著腳，靠著椅背，手指忙碌地打著電腦鍵盤，眼睛從沒有離開螢幕。

「什麼問題？」他問。

「流鼻水、喉嚨痛，其餘沒有。」

他等待我的回應後，又用力地抖起腳，快速打著鍵盤。

「所以……流鼻水？」

「對。」

「喉嚨會痛嗎？」

「會。」

「沒有其他不舒服了嗎？」

「對。」

等待丁醫師打字的過程中，診所內一片死寂。

「喉嚨癢還痛？」

「痛。」

「鼻水很多嗎？」

「對，大部分是黃色的。」

「大概……。」他終於下了結論「大概是感冒吧。」他說。

出了診間，我仍舊不解他這幾層次的提問，對於我的病情有沒有實質的幫助。沒有聽診，沒有壓舌棒，沒有噴喉嚨及鼻腔藥水，我空無一身的來，什麼也沒發生就回去了。藥忘記有沒有吃完了，只是在向家人抱怨丁醫師的時候，得到了這樣的回覆：「平常去看的都是老人家，大概怕重聽，要多問幾次。」

丁醫師就是丁醫師。

沒有什麼反抗目標和對象，持續慢慢地活著，我想他的日子過得很衰老，就和他的衰臉一樣。那日，在健身房遇見他時，我從鏡中瞥見他奮力地撐著雙腳，汗流滿地，我想在某種層面丁醫師也盡可能地抵禦死亡，費力的、掙扎的，硬梆梆的筋骨離地球表面很遠的樣子。

合作社阿姨

有賴於近期生活的種種啟發，正在思考花痴的文化意涵。

比如它呈現了何種共同知覺、行為，又在什麼情境脈絡下被肯定？它的隱喻可能為何，有性別成分的介入嗎？在現代商業型態的偶像崇拜當中，花痴的社會功用是什麼？它又等同於什麼被隱藏的語境、概念？

諸如此類。

正想著時，小學合作社阿姨的臉在腦海乍現。

她是個面容和善的退休公務員，皮膚保養得宜，見人總是一副開朗模樣。某次午後，我將一本不知從哪弄來的數學講義拿去合作社影印，數學講義毫無意外的，就是數學講義呆板無聊的樣貌。於是，當我不表哀衿地拿去影印，正要不表哀衿地拿回來時，合作社阿姨的意外作為令我震嚇許久。

她說，講義的封面白白的看起來很空。她又說，所以，她自發地幫我印上了裴勇俊的相片當封面。「看帥哥，心情會比較好。」最後她這麼說。

雖說如此，但我怎麼看，封面都不像裴勇俊，反而是一個完全看不出人形的黑色巨物，手一摸，還會掉下許多碳粉。難道是裴勇俊的剪影嗎？事件完全超出幼年時期的我的理解，只覺得講義看來心酸地令人難過。《冬季戀歌》在我的印象裡因而有點淒涼。

回過頭來，其實我想說的，並不是合作社阿姨很花痴——這一類事。

不過是剛好想起，她的幽默至今難忘，讓人走在路上不禁偷偷地竊笑起來。

這應該是學生時代少數與數學相關的美好的記憶之一。

公車司機

每日早晨，我都在等著那刻宿命式的相遇，也就是早上七點五十分準時抵達公車站牌的W司機。

W司機對人和善，時常對著麥克風說：「來，站好囉，車子要準備啟動了，記得握好扶手。」或者是「慢慢來齁，來，讓老人家先來，不要急喔，來，慢慢來齁。」麥克風之外，W司機又說：「乾，頭前系勒凍三小……林母，凍三小朋友啦。」

一人分飾兩角的W司機，把現代人角色詮釋的淋漓盡致。

他怎麼知道，我們內心中的小惡魔都是如此，和善的外表下夾心著國罵，溫良恭儉反面是無限的白眼。麥克風象徵的便是話語權的掌握，在權力面前，人都是一副規訓的面貌，因而得以順理成章地表現老屁股的模樣；權力之外，長成什麼模樣就無所謂了。現在，W司機正哼著不知名的曲調。音響透過麥克風若有似無地傳遍車廂。

如果我也是公車司機，會拿著麥克風說什麼呢？

「有天老師問小明，請問公鯊和母鯊，哪一個體型比較小呢？小明說公鯊，因為公鯊小。」

大概是這類公鯊小的內容吧。不過，據朋友說，他還真的遇過公車司機，為了改善禮拜一清晨上班族低沉的氣氛，自言自語地說起冷笑話：

「劉關張三結義，猜臺灣一個地名。」

「……。」

「有人要猜猜看嗎？」

「……。」

「很有趣喔，答案是桃園啦。」

據說那些上班族的臉更臭了，而朋友的內心不斷呼喊著桃園，卻也因此無疾而終。

捲捲頭的W司機，掛在後視鏡上的觀世音菩薩牌隨著路程晃蕩。

好像也不知不覺參與了他人的日常，或者，也沒有他人與我的分別了。就像最近，我的白眼簡直翻到以為自己的眼瞳環遊世界三百六十五天去了。國罵也默默地成為人生敘述。

W司機大概也是吧，在日復一日開公車的日常當中。

攝影店鋪的老頭

和C與T走到老街盡頭時，發現一間攝影店鋪。

顧店的是一個老頭，頭髮花白，皮膚緊實，一副知識分子模樣。

店內十分冷清，商品卻格外熱鬧，除了牆上掛滿裱框的攝影作品外，桌上堆疊著一落落相片，旁邊放著兩本資料夾供翻閱。作品全是黑白底片，老頭照的，有些是當地的風景、人像，有些則是遠處的山林、建築，我喜歡裡頭的幾張，特別是某張三隻貓的特寫，毛皮透光，鬆軟地環抱一塊，很討喜。

但那老頭，和某些照片一樣，呈現散散漫漫的儀態——他似乎不再為持有敏銳的洞察力而自矜，不願意花力氣揣測停駐旅客的心思，只固執地待在角落，看也不看一眼。那脾氣只能是老的，倒不是老氣橫秋的油膩質感，是選擇了某種信仰之道後，對於反覆質疑感到輕蔑；大概什麼都不想管了，他人與我也無關，但這之間也許仍有一點關心，卻連湊過來的鼻子都冷。

他無關緊要地坐在角落，室內沉積著揮之不去的霉味。

T很早就走出店外，我和C在裡頭翻著相冊，不久後，老本行是攝影的C與老頭搭上話。老頭沒想多說，也沒想解釋，他只反覆說著，他早不拍了，攝影太浪費時間，太浪費時間。

「人的一輩子，很短。」他這麼說。

一時之間，我與C語塞，也不知回應什麼，他就是坐在那，守著一屋子的底片到老，漠不關心地說著，彷彿我們是他從前的自己。

愛就是那樣吧。

大多時候索然無味，又令人大失所望。

而那間老店則如一則意義成謎的寓言，天一亮，就夢境般地散去。

睡覺

我妹，真的非常能睡。

常常懷疑她到底是重度昏迷，還是單純睡著，人怎麼有辦法睡到如此不省人事。

我也曾試過像她一般的睡法，睡醒後，倒頭又睡，再醒來時，又倒頭睡著，但就像糊塗的小沙彌，無法掌握師傅本領精髓，醒來後，腦袋像裝了鉛塊，頭痛欲裂，苦不堪言。

據說孩提時代就如此了，家母說我妹常常睡到忘記喝奶，長大似乎沒什麼改變，天生的睡美人，這不是隨隨便便就會的本事，所謂睡眠界的天才，大概指的就是我妹。

想起日劇裡面的一句臺詞，A演員因為B演員精湛的演技而受到刺激，最終放棄演戲，離開前說了這麼一句話：「我被你的才華逼到走投無路。」我想，這句話也適合用在我妹身上，在睡眠界的領域之中，我簡直被我妹的才華逼到走投無路。

妹妹的壞眼鏡

舍妹自放暑假回家後，依舊日日好眠，過於好眠。

我常在想，家人的心情總是矛盾的，她久睡，我們擔心她，哪天她不睡了，我們也擔心她，睡眠早已成為她性格裡植栽的性徵，每日的光合作用，橫跨白晝黑夜，孜孜矻矻，勤勉努力。假如說睡眠是死亡的模仿，她就是這類耍弄雜藝的大師，軀體如冰箱調節鈕，從容地調頻至宛若真空的異次元狀態，總維持著保鮮，冷爽的睡眠模式。

那日我和她說，你不是說要寫paper，怎麼還在睡。

她說，都是這張床害的，必定是哪裡做得不符合人體工學@(U#(@_JL……。

接著整整三分鐘，都像妮妮揍著小白兔，邊打邊咒罵。

我又說，你真把家當成旅館。

她說，唉，她正準備起來做點事，不是寫報告，就是做線上測驗。

於是她起身後，打開新版《庫洛魔法使》，看一陣子後說，不知演三小。

昨日，拉著她走往健身房的路上，舍妹眼鏡突然歪斜，拿下一看，發現一邊鼻墊斷裂。她傻眼，她無奈，她也沾沾自喜終於可以把這副不討人喜歡的眼鏡換掉，於是她說，唉，沒眼鏡戴，上不了健身房的課，她看不到老師的動作呀，唉，看來，之後的這兩天，沒眼鏡戴，除了睡覺之外，什麼事也做不了。

過年 1

收房間和薛西弗斯神話基本上是一樣的事情。

書堆亂擺、背包隨便扔，椅背永遠層巒疊嶂掛滿大衣背心，就算付出勞動收拾乾淨，也不過維持兩三天的表象，CP值太低了，這麼廉價的事不必老實去做。

但家母似乎不這麼想。

從年前就不斷殷切呼喊摯兒了，收房間，收房間，直到新年我的房間仍敵動我不動，老派的靈魂不輕易動搖。

當家母碎念著：「東西怎麼會放在這裡？」

我會回她：「妳看錯了。」

當家母又罵說：「袋子一直堆在椅上，一個禮拜就堆七個了。」

我又會說：「不會啦，我的袋子不過也才六個。」

兵來將擋，水來土淹。過了二十三次新年，終於在二十二次慘敗後獲得一次勝利。不過，面對那隻被壓在電風扇下不知多久的襪子，望著灰塵，還是語塞了五秒。

比起敝人，舍妹也沒好到哪去。

年前始，時時在進行一個睡眠的動作，大概和她的旅蛙一樣沒什麼朋友，只好找周公，連家母也不禁驚嘆她天賦異稟，這麼能睡。我說她總有種與身俱來的疲憊感，她說，妳不知道嗎，連被出生都是一件累人的事。

塵世俗得真累人。

舍妹偶爾清醒時，會走到我房間，憂愁地說，姐，這是我今天走過最遠的距離。或者，被我強迫拉去健身房後說，姐，這是我這禮拜走過最遠的距離。這大概是睡眠界的天才才懂的煩惱。偶爾，我也會在舍妹睡眠期間，走進她房間，祭司布道一樣大喊：「安息吧！」舍妹動也不動，總是認分地扮演祭品的角色，大概是剛從冰箱拿出來的硬梆梆的羊腿一類，著實令人欣慰，表現令人激賞。

年大概就會這麼過了。

真的是日復一日，年復一年，總是在瑣碎的小事裡有老氣橫秋的感嘆。

過年 2

過年前大掃除，阿母化身舍監，舍妹在各種威脅利誘及攻擊恐嚇之下，終於在阿母問她收房間了沒，從「祕密啦。」的回答，進化到：「好啦我今天就來收啦。」然而，我們始終無法忽略回答之中的那個「啦」字，一種出於無奈的收束，蘊含陽奉陰違的神祕特質。

舍妹始終，奉行著其一貫的標準：在阿母視線所及範圍內，整理整理。

縱使如此，我仍舊在舍妹的桌上發現一座彰顯於牆角的小山，裡頭包含著江南style的醜大叔娃娃、紙膠帶、成堆的文具，以及各類時空重疊的雜貨。據舍妹所言，這是一種處理人際關係的最好手段「冷處理」，使物品待在角落中冷靜冷靜，自然就會整齊。

只要讓它靜靜在那就可以了，這就是道。自然而然，就在身邊。

阿母的清掃魂，也波及至敝人，口頭權力對象的施行者常常以：養你們兩個到這麼大，都念大學研究所了，連收個房間都不會……。

「請別將我和舍妹混為一談。」義正嚴詞就應該用在這種時候。

「我是發自內心，真誠地在收房間。」我這麼說。

「那可能是智商不夠，不然收過之後為什麼還是一團亂。」

過年3

據說，大年初一時不能太過勤勞，否則，將會底定一整年的勞碌命。

因此，睡到自然醒後起床很剛好吧；起床後早餐懶得吃、牙齒懶得刷、窩在沙發上看電影也很謹遵祖先之命吧。為了培育一整年社畜身分之外的鬆弛和歇息，就以頹廢的貴妃姿態開啟新年，電影就選擇榮倉奈奈主演的《每天回家老婆都在裝死》好了。用無關痛癢的笑意和腦袋轉速開春，不必耗殆多餘的情緒勞動，費盡心思地拆卸情節畫面，多符合大年初一該有的脾氣。

榮倉奈奈的臉是最適合大年初一的長相，膚色偏深、小臉身長，笑起來像孩子，擁有充沛且無害的正能量，讓人被善良地欺騙也無所謂。在《每天回家老婆都在裝死》裡頭，榮倉奈奈扮演總是在裝死的老婆，一下是被射殺的主公、一下是在械鬥中身亡的平民。她費盡心思安排各式場景，有時是掛滿燈泡與按鈕的未來時空，有時是播放著神祕樂音的古老埃及，諸多巧思只為了驚嚇每日下班回家疲憊的先生加賀美純。

這樣的老婆真是令人歆慕又不敢領教。

那些在婚姻當中早已顯而易見、卻還假裝視而不見的破洞裂口，人們忍氣吞聲、削去精神靈肉而勉強適足的角色扮演，或者在胸前已滾燙如爆裂的沸水、卻仍無法發聲的誠實之語，就在老婆一次又一次死亡的推演中，成為幼稚又可笑的劇幕——為什麼總得將生命推到生死的懸崖，人們才能懂得愛的可貴與珍稀？究竟什麼是愛，愛什麼時候又成為這麼重要的事？家庭除了發揮其特有的社會功能，令人感覺自身位處一個堅固又安穩的政治單位體之外，真的有那種彷彿遇見上帝選民一般的命定對象，讓人經歷情緒的雲霄飛車、讓人始終惦記，總是流連於強風頂灌的破口甚至感到有點享受的物體存在嗎？如果能，它又如何在記憶中鑿下這一道深刻的刮痕，它又如何影響人們處理關係的方式。

想來想去，這些話題已超過大年初一的腦袋所能負荷的極限。大年初一，還是要像隔壁房的舍妹一樣上演《每天回家妹妹都在裝死》才好。

妹妹的裝死死法最普通卻也最人性，我總是學不來。我心裡想，如果她無憂無慮的睡眠能分我一半就好，讓我不管何時何刻都保有那股穩定的疲憊，取代急躁狂奔的雜亂步伐，也許對待人生能冷靜許多。

舍妹的睡眠，也有這種深奧如哲學的時刻，它將諸多社會作為壓低至最低限度的水平，不前行、也不退步，只是靜止，透過隆起的床鋪將人們托離世間，懸浮空中。如果人不渴望，如同睡眠，如同那比沉思者蹲馬桶苦行般更智慧的姿態，也許就不會過於在意失去時難分難捨的哀傷，那是死亡的預習，是最無他法的守備訓練。

無欲則剛，這句話指的應該是睡到忘記欲望的人才對。

吃團圓飯

和親戚吃團圓飯是一場令人懶於參加的吹牛大賽。

那面看似正圓但本質卻並非如此的圓桌，可能是亞洲文化中最尷尬的極致展演。它讓坐下的人排列成不明究理的圓形，絲毫沒有破口，像令人無法逃脫的矩陣、縝密的詭譎妖術，無法輕易一拉線頭就散去；它讓任何一張臉，都能毫無死角地面對另一張臉，照見自身與他人的醜惡，皺了眉心、彎了嘴角，表情略顯尷尬外帶眼神不定，全逃不過對岸的火眼金睛。

團圓飯是人類最奇怪的遊戲之一，也是最胡來的鬧劇，明明進食應是世上少數美好的時刻，但那一段又一段無聊的攀比、自以為是的發言，還有冗長又乏味的空氣演講，卻掃除了所有的吃飯興致。雖說如此，但「吃」還是得出現在這種場合——至少親戚們在許多無語的尷尬時刻，嘴還能因進食而迴避說話的責任。

通常這種時刻，我只想一個人發著冷汗地進食，不出聲。

被他人看扁就看扁了吧，反正我也沒因此將誰看得多圓，知道自己既沒有值得令人羨慕的薪水，也沒有威震四方的功名利祿，說穿了，就是一名吃軟飯的安分女子，但軟飯終究是自己花錢買的，不偷不搶，有什麼好不大方承認。於是我大言不慚地坐於此地，立志短時間內成為一位勤奮咀嚼的胖子，除此之外，專心致志心無旁騖。

不如就此把自己想像成一齣劇作底下的觀眾好了。

看著身旁親戚如何搬演面孔、話術，如何從自身扁平的有限經驗裡榨出濃縮果汁，營養、健壯，時而發人深省時而高瞻遠矚，那未嘗不是一件有趣的事。觀眾最大的責任，就是在此起彼落的發言及附和間，抓住瞬息萬變的精巧語氣，它不成語言，卻十分關鍵。比如輕蔑，這種圓桌場合裡頻繁出現的黏人口吻，它可能不是二流小說裡鼻腔發出的冷冷促音，而是一個略過浮誇的「哪有」、「才怪」、「最好是」，或者「我有個在科技業工作的朋友說」，這些上揚的語調、壓底嗓子刻意製造的神祕、偉大經驗的輾壓，都是親戚們抬升自我價值的各種手段。

因此，飯也無法好好吃了，光看著眼花撩亂的言外之意，明白話語下暗藏著權力漩渦的紐繞與抗衡，每一口都彷彿含刺。如果有人先離開了這張明爭暗鬥的桌，就像丟棄手中的牌，在關鍵時刻連說話的分量也無，那大概就成了像我這樣一枚無用的棄子，只能坐在桌邊低頭扒飯。

某次我忍不住向家母開口抱怨一番，質疑吃團圓飯究竟有什麼意義，平時又沒有聯絡，生活圈也沒有交集，為何還要故作親密在吃飯場合熱絡聚會。沒想到，她只淡然回我一句：「現在不吃，難道我們這代人都不在後你們會吃嗎？」

我被問得啞口無言。

回頭一想，疏遠的親人們能用何種手段表彰彼此間的關係？話語裡若不充滿自吹自擂還能說些什麼？也許久久會面一次的親戚們，不過是複製著遙遠的祖譜圖線、搬演形式，為了曾經的生活回憶致上最後一點誠意，好過沒有招呼的道別。誰知道下頓飯是什麼時候？或者根本也沒有下次也說不定。團圓飯因而是一種生存的回應，是彼此最低限度的通訊，他更像人們對過去自我的交代，勝於飯局中的較量爭奪。沒有誰比誰過得更好些，沒有誰比誰的快樂廉價些，親戚們相聚於此地，只是預防猝不及防的分離，維繫隨時可能斷裂的親情責任。

•

幾年前，家父曾經帶著一家四口回到他兒時外公家的住所。

那是臺南鄉間一棟傾圮的三合院，橘紅色的磚頭縫隙間沉積黑垢，牆上爬滿青苔，圍牆縫隙間還可隱約看到裡頭破碎的碗盤、塌陷的屋樑，蜘蛛網和灰塵滿布，周邊一點人影也沒有，只有一塊塊曬乾的稻田癱坐，遠方鄰人家中傳來狗吠。

天氣異常炎熱，我和我媽、妹妹站在遠處的樹蔭下，耐心等待。此處對我們而言是異地，它的頹然和衰敗並不會喚起我們任何感覺；然而，那棟在灼熱視線中彷彿熊熊燃燒的紅豔房舍，卻形構出至今仍令我難以忘懷的景象，它象徵一段家族史的滅絕，空間物質的消亡，還代表許多再也無法復原、無法追溯的歷史細節。那些在陽光下被曬得發黃的玻璃碎片、凌亂的櫃子，積塵的木頭家具，原先在什麼位置？它們在一片空無生草的時間空隙中發生什麼事？這些問題對一間沉默待坐的老屋而言沒有答案。

家父繞著圍牆走一圈後，決議進到房屋裡頭走走，於是我們看他一頭埋入霉味繁重的黑暗門口，過不久後才邊抓著頭上的蜘蛛絲一邊走出來。

出來後，家父才慢慢說了一句：「客廳牆面上掛著一口鐘，鐘還在走。」

我忘記是否有人回應他什麼，但他說的這句話卻深刻留在記憶中。我沒有見過那口鐘，只覺得特別耐人尋味，在一棟棄置多年的老屋裡，所有事物都灰飛煙滅，但確實是有什麼在底下幽幽流動著。據說我的曾祖父是果農，某日颱風天，他穿著雨衣和家人稟報要出門看看植栽的果樹，離去後再沒回家。

這一切顯得有些超現實，祖父死後這一戶人家究竟發生了什麼事？一個家族如何衰亡？老家如何人去樓空？這些問題都沒有回答。某些人們共同有過的空間記憶，無疾而終地散去，徒剩一場又一場看來油亮豐盛的團圓飯：清蒸海上鮮、金沙豆腐煲、翡翠鮮鮑魚、韭黃炸春捲……記憶流竄在快速交錯的碗筷杯酒、反覆張嚼的唇齒紅舌，偶然乍現於某個無意吐露的字眼——那些剛好記得的生活習慣、乖僻性格，與當下事件的時間片段被對接起來，哪戶人家的兒女遺傳了誰的挑嘴，又保留從前人們的才華性格，全在吃飯的場合隱隱約約地透露出來，像藏在壁裡的一道光。我們永遠不清楚自身的來歷，那些血脈連線如何被組織，話裡的煙雲終究會隨著人的消逝褪去，而對於沒有記憶又沒有身分的人們來說，除了活在當下的本分外，再也沒什麼好說。

君代與忠雄

君代和忠雄家裡，有一檯二十四小時開著的收音機。

算命的說，只要時時開著角落那檯收音機，錢就能要回來。

那時他們還沒搬家，收音機晾在角落，螢幕發著湖水綠的光芒，不知名的廣播電臺低聲交談著，以致於空氣始終揉雜著斷斷續續的低頻雜音，內容無法洞悉，到了夜半仍持續蔓延。

有時我想，君代和忠雄的晚年，像那檯訊號不良的廉價收音機，瑣碎、冗長，拖拉著沉甸甸的記憶，一副窒礙難行的樣貌。他們年紀大了，出門得提早兩個小時起床，爬起身，泡假牙、擦藥、穿衣、再穿鞋，有時君代還得化妝，仔仔細細地畫出眉尾，擦上口紅，年輕人可能十五分鐘能完成的例行性事務，他們得整整花上兩小時，甚至更久。

他們年紀真的大了。

忠雄的眼睛也越來越不好，變得無法開車，妹妹說，有次坐阿公的車，結果他糊裡糊塗地就開進了公車專用道，還開了好一陣子。忠雄早期開車不是這樣的，那時，他邊開車嘴裡邊碎碎唸，像糊著一口痰，字句沾黏，聲音洪亮，小時我聽不懂他嘴裡的嘮叨，長大後才懂，原來除了抱怨交通之外，字裡行間還摻雜著許多三字經。

現在他連髒話也很少罵了。

坐在沙發上，不是睡覺，就是開著電視睡覺。

前陣子，和阿姨帶他們兩個老人家去日本金澤自由行，忠雄一路上開心地說著話拚命向前走，也許比睡覺有趣多了，搞不清方向逕自向前邁開步伐，走向不知何處。我忍不住傳了個Line的訊息給妹妹：「阿公真是太失控了。」妹妹傳了個大笑的貼圖，我又捎了一句：「像他三歲的孫子。」

君代晚年倒是一樣健談。

那日她還告訴我，她和她的友人正在學習認英文單字，Apple、Dog、Clock……之類，她還發現有些日文單字和英文相同，比如Tomato、Lighter等等。他們一群老人家費盡心思想以諧音來記住單字，結果遇到其中一個單字Saturday的時候，有一位友人說，啊，他知道了，Saturday的諧音是賽它勒（臺語，意「屎堵住」），語畢，君代哈哈笑到不能自已，腰都直不起來，看著君代笑的樣子，覺得滿難笑的我也不禁笑了出來。

君代的健談在Line群組也可見一斑。

雖然她仍然不太會操作智慧型手機，總像舊式電話一樣，按按鈕式大力壓著螢幕，但她仍然很努力地向我請教Line群組的操作，再熟練地打下：

「*@#DP?O^jds;b。」

諸如此類的字句。

我總會回她：「微言大義。」四個字，她卻再沒回應。

•

老人搬家，是一件辛苦的事，不像少年郎。

在這個世代，遷徙成為常態，像拔紅蘿蔔，鬆一鬆身上的土，甩甩屁股起身離開，東西越簡單越好，如此流連在幾個租屋處，不致成負累。君代和忠雄不是，搬家時冰箱要帶、圓桌要帶、沙發還沒坐壞也該一起帶去，生活的厚度並非塵埃，可隨處落定，而是戰戰兢兢地縝密度量，運籌帷幄，就像君代的冰箱，整整齊齊，拼拼圖一樣塞滿了各式食物，過期的，尚未過期的，差點就過期的，不管你的時間落點，只要是食物，就像記憶，通通保留於同個時區，冷凍，封藏。

近期準備要搬家，據說我的阿姨，他們的女兒，為了家具的去留和他們溝通老半天，卻以失敗終。舊家有許多訂製家具也拆了，君代和忠雄從前是設計衣服的工廠，設計之外，打板、叫貨、接單、送貨，都是他們一手包辦，那時剛好趕上臺灣經濟起飛，對岸訂單接不完，他們倆從早忙到晚，日以繼夜；直到後來，大陸廠逐漸以大量且廉價的貨物，取代了臺製產品，君代和忠雄才漸漸慢下步伐。到了晚年，毛衣背心堆在倉庫，一落又一落，叫貨的人少了，衣服也賣不出去，過去我們孫子過年時，還會躲在忠雄的貨車後頭看放炮，工廠收起來後，炮也不放，那時只惦記著從此過年少了個開工紅包，直到他們要搬家的這一天，我才想到，原來這些家具有天都是會拆的。

訂作的工作桌、電動的縫紉機臺、放貨的鐵架，還有辦公桌前那尊肚子和忠雄一樣大的彌勒，不是被機械手臂拆光光，就是挪往他處。

前陣子，未搬家時，我將一件演出的褲子拿回去舊家給君代改。

君代掛起老人眼鏡，駝著背，在昏黃的光下踩著踏板，啪噠啪噠幫我車縫起來，她的手指關節彎曲，皺紋滿布，卻仍俐落地轉向、穿針、偶爾動手轉弄後方的輪盤，又快又利索。她邊車衣服邊和我說，這臺縫紉機太老了，齒輪線早該換，只因最近很少做，索性不換；過不久她又說，她的手藝注定絕傳，如果阿嬤回老家，那以後真的沒有人可以改衣服。

我什麼話都說不出來。

在那個縫紉機叮叮作響的小房間裡，我坐在纏著舊布的木椅上，看著君代變形的手指壓平布料，覺得心裡怎麼壓也不平整。

•

君代縫衣的手藝好得沒話說，小時她還幫兒女做衣服，從設計到製作，不假他人之手，小至車邊的縫線、繡花、造型鈕扣，大至衣服的版型、肩線和剪裁，都有講究，和君代的潔癖一樣。到了我們孫子輩，回來找君代做衣服，殺雞用牛刀，簡直是胡鬧，比如小學我美勞課布袋戲要用的衣服，別的同學都用不織布黏貼，我的卻是君代縫製的華麗衣服，淺綠色配上藕色的鈕扣，甚是素雅；但頸部以上，有賴於天生手拙至亦為天賦的一種，黏土做的布袋戲頭醜得稀巴爛，真有如車禍過後面目全非的慘況，淒慘二字不足以形容。

妹妹幼時，君代也為她縫製了滾蕾絲邊的小天使服裝，讓她穿去幼稚園的萬聖節派對。袖口滾繡花邊，披風上一顆顯目星星，再配上金邊頭環、魔法棒，震懾全場。沒想到二十年後，衣著依然亮眼，但舊人肥胖的身材早與之格格不入，多年前的小天使，至今膨脹了好幾倍，套上翅膀再也飛不起來。

最糟蹋的還是表弟的忍者服，說是大學成果發表晚會，要扮演卡通《忍者哈特利》裡頭的反派角色「煙卷」，君代於是按著表弟手機上解析度極差的圖像，找了近似顏色的布料，真的車了件一模一樣的忍者服給表弟。我們一群孫子之後七嘴八舌地評論，責罵他不識好歹，也不找個難度較高，火影忍者程度的角色扮演，不然至少也得主角吧，如此糟蹋阿嬤的手藝，太瞧不起人，再不然人也得長得好看些，金裝白白浪費，真可惜。

世風逐日而下，昔日的手工訂做洋裝成了今日不堪的煙卷cosplay，君代卻什麼也沒說，笑眯眯地坐在木椅上看我們說笑，直到道別時，君代才招招手說：「有空再回來。」目送我們離開。

・

大約一九九〇年代左右，忠雄一批上好的衣貨被友人捲款潛逃。

據說是那人周轉不順，藉著忠雄對他的信任，拿到貨物之後，從此沒聯絡，宛如蒸發，這輩子再沒見過，損失的金額高達上千萬。忠雄所有投注在工廠的資本全賠進去，再加上那時遠房借了一筆錢拿去投資，結果失敗，一連損失兩筆，工廠從那時開始就減縮不少，狀態持續至歇業。

事實上，我所知道的，也就那麼多。

這件事，在家中絕少聽人提起，就算我多問，也只是得到：「沒辦法啦。」、「別想那麼多。」、「人平安就好。」諸如此類的回覆，像裹上一層無法觸及的膜，再猛力衝撞，總是被太極式地打回。我想著，君代和忠雄是否打了多通電話，拜訪相關連的友人，又一再回到那人的租屋處堵人；或者每日自怨自艾，氣急敗壞，兩手攤在工作桌上毫無辦法……但終究無法證實，那段史實被刻意地塗抹、消音，所有潮水漶漫的情緒，必然經歷的掙扎、失落，被擠壓於最低水平的記憶裡，在日常笑聲裡逐漸成為我輩缺失的裂角，僅只限於聽聞。

君代和忠雄的晚年，還留著年輕時工作過頭的勞力遺絮。

君代的膝蓋動過兩次刀，走路速度遲緩；忠雄則是皮膚不好，輕輕一碰就紅腫瘀血。阿姨總說，他們以前工作這樣拼，晚年應該要好好享受一下，誰知道辛苦賺的錢一去不回，唉，這種事，不好說。

縱使如此，君代和忠雄的晚年，並無因此而不富足。

帶著老人家去金澤旅行時，到了世界遺產合掌村，那時還留有殘雪。

那是忠雄身平第一次看到雪，他開心地彎下腰用雙手揉了揉碎冰。

雪水碰到忠雄溫熱的手心，不久化為水流，忠雄甩了甩他的手，想到時又隨意地揉捏起路旁的冰屑。一旁留著融雪的流水，太陽下光澤閃亮，清涼透心，我想，這景象還真符合君代和忠雄的晚年人生，雖是平穩的水流，卻仍然潺潺流著，所有順遂、不順遂的生命片段，如同君代車衣服，全被密實地被縫合一塊。

水裡有手臂大小的黑魚，遠方的高山覆蓋著白雪。

君代和我說，風景真漂亮，阿姨買了烤飛驒牛肉串，我們坐在路邊吃了起來。那時我想著，老年的溫度是雪的溫度，所有驚濤駭浪都要被一層薄薄的冰雪敷著，記憶在磨損的時間狹縫裡，越擦拭越稀薄，終究要回歸冷靜、漠然，像風冰著皮膚表面，溫度恰好。然而，這並不意味困頓時的那些苦悶不危急、不耗怠、不折磨人心，而是在世間與人摩頂放踵，如船身兩側頂撞、消磨，留下兩道又深又長的擦痕之後，生活的桅桿仍須操持，亦如君代和忠雄，他們得持續前行，從這個家，到另一個家，再到君代嘴裡常說的，老家。

正當這麼想著的時候，玩膩了殘雪的忠雄在一旁無聊地低聲呢喃。

他說，這種鄉下地方，有哪裡好看。

我嚼著烤肉，沒有答腔。

一名男子的印象片段與動物

走在熱帶雨林館的時候，C和我說起穿山甲的故事。

他說，他在報導者的採訪裡看到，穿山甲生性膽小，食物鏈又非常複雜，人工養殖十分困難，木柵動物園是全球第一個養殖成功的地方，花費數年時間嘗試、研究，終於找到獨家的食譜和飼養方式。但是，動物園不想完全公開這項技術，因為穿山甲的鱗片是珍貴的中藥材，經常被獵殺走私。雖然養殖技術能拯救那些生命危急的穿山甲，但卻有可能讓不肖人士為了從中獲利，大量養殖並屠殺牠們。

聊起這番話的時候，我們兩人正歪著頭看著棉頭絹猴。

棉頭絹猴體型不大，臉黑，頭上有一叢滑稽的白髮，在木製的箱子與綠樹間跳躍穿梭，姿態可愛。當C聲音收尾的短暫片刻，棉頭絹猴那張小臉從樹梢間探過來。

我一直記得C說的這些話，像穿山甲尖細的舌頭伸進腦內，狠狠將皺褶舔過一遍。

・

C是一個鬍子與思想皆十分中庸的男子。

沒有小勞勃道尼率性不拘的美式鬍，也沒有裘德洛在福爾摩斯電影裡整齊的英式鬍，缺乏精準、缺乏精心打理的品味，冒出鬍鬚頭的時候就用刮鬍刀刮掉、有時不刮，偶爾刮傷自己的皮膚，在毛孔底部積了一點血水，他也不甚在意。

我想，鬍子的生長應該和人的性格有關吧。

C的鬍子漫無章法地冒出來，又黑又刺，毛髮與毛髮之間看似沒有任何交流，各長各的，距離隔得遠，像偶然定居於此的鄰居，心不甘情不願地完成生長的本分。我很少看過有人的鬍子如此八竿子打不著，太寂寞了，連觀賞的人也不知該說些什麼，半長不短的話吞進肚裡，要吐出來也不是，要說出來也拼湊不全。既然鬍子長得如此尷尬，還不如刮掉比較乾脆，C每長出一點鬍子，我就急著和他說：「怎麼過沒一下鬍子就長出來了，趕緊刮一刮吧。」C的回答永遠只有兩種，他首先會面無表情瞟我一眼，慢慢回一句：「最近剛好都出太陽吧。」或者：「最近剛好連下幾天雨呢。」答案總令我一頭霧水，彷彿他的下巴長的是黃金葛，有陽光有水，就能生根發芽。

・

我從沒見過這麼節儉的人。

眼鏡斷了，捆上橡皮筋繼續戴。皮夾底部破洞了，釘上釘書針繼續放著錢。自動筆摔壞了，死纏著膠帶也要繼續寫字。

這樣說起來，C似乎也不是光彩的克勤克儉，反而有點吝嗇了吧。

・

在抵達C搬遷的第三所老公寓時，必須走上陡高的水泥樓梯。

總是這樣的，因為他老是住頂樓加蓋，所以不管搬到哪我和他都得走一段樓梯。舊公寓的樓梯陰暗、牆壁骯髒，牆角時有灰塵和蜘蛛網，那一截截彷彿按錯鍵盤無止盡複製貼上的陰沉樓梯，艱難地突起，死寂地續接，像一樁晦暗的情事見不得陽光，我倆埋頭苦行之中，氣喘吁吁、汗流浹背。

每次爬樓梯的過程中，我總會注意到，在這所老公寓中的二樓人家，不知腦袋如何異想天開，竟在樓梯間推出的鐵窗外養了一缸子小魚。那幾尾細微如塵埃的小魚，在亂糟糟的水草、膠黃色的水澤裡，散發模糊的紅色光影。牠們應該生活了好長一段時間，我從沒看過那戶人家餵過魚，或撈過死魚（或許根本沒有死過於也說不定），那些毫無生氣的小生命，就和鐵窗內淩亂的鞋櫃、安全帽、破雨傘、食物熊貓的外送保冷袋，一同待在我和C必經的路途。

奇怪的是，我和C從沒靠近覷那魚缸，它也不曾出現在話題中；但每次經過時，我和他總會不經意地瞥向魚缸在的角落。

像是一個不用說出口的祕密。

那是C所租賃的老公寓當中，每日畸形又超現實上演的短幕。

・

和C一起從伊勢神宮走出來後，我們溜進一間昂貴的西餐廳吃中飯。

並不是飲食上的資產階級，只是剛好下著雨，就近避雨，又加上連續吃了好幾天的拉麵，順便換個口味。雖是昂貴的西餐廳，但其實只是金玉其外的華麗空殼，菜色普通、口感平庸，難怪裡頭空空蕩蕩，半個人都沒有，頗有點晚年守著功名但內在卻荒涼一片的姿態，像個穿金戴銀的寂寞老頭。

我看著菜單猶豫半天，這個不好，那個也不好，嫌了半天只是因為荷包實在瘦弱得不像樣，C看我一副婆婆媽媽的樣子，忍不住大器地說，就點吧，別顧忌那麼多，我抬頭望了他一眼，又低頭再看了看。

「蛋包飯。」我說，最終仍舊點了這麼窮酸的菜色。

C於是耐人尋味地看了看菜單，大概是要點法國鵝肝配松露的那種程度。

「豬……豬排飯吧。」他說。

又懷有愧色地補充了一句：「反正早餐也沒花什麼錢……。」

C還是C，吝嗇這種事還真是人永遠不變的習性。

雖然是蛋包飯和豬排飯（西餐廳裡真的會出現這種菜色嗎？），仍要價不斐，我又多嘴莫名其妙點了個套餐，附上蛋糕、冰淇淋和紅茶，價格更加昂貴；更糟的是，紅茶難喝到令人想要切腹的程度，喝起來大概比記憶中還要再苦澀個十倍。所以，當我拿著相機拚命地想用視覺食慾來補償心理，期待從社交軟體裡贏回一點不必要的尊嚴時，C看著窗外的淡定側臉突然吸引了我的注意。

他安靜地望向窗外，視線散漫，沒有特別的企圖，單純地看著，外頭灰白色的光源刷上他的顴骨，特別的堅毅，雖然說起來，也只是剛完成了單點近千塊臺幣的豬排飯如此大業而已。但某方面而言，我感覺他是很享受的，和伴侶在乾淨明亮的地方，坐著看雨——那種情況。我又看了看他，並不知道多久之後回想起此刻，感覺有個人待在你身邊，耐心等待你做完一件莊嚴的蠢事，其實滿好的。

大概是這樣吧。

並不是什麼了不起的事，但偶爾心裡卻會節外生枝惦記著許多細節，像是永遠不將重點擺在課文內容的學童，老是在意空白的邊角或冗贅的插畫。莫名其妙的記憶整齊地摺邊，依序平放，輕輕巧巧挨著彼此，像一疊素雅的和紙，而你其實不知道面對這種記憶需不需要如此慎重。

但也無法抉擇。就只是發生，經過，自然地就成一回事。

C的居所

C曾在我家附近租過三間房子。

其中有兩間是頂樓加蓋，另一間則是狹仄的套房。我很懷念C租的第一間房，但因為不符合消防規定，後來房東收到消防大隊的通知，C被迫搬離房間，所以才有之後幾次的搬家。

我喜歡和C窩在房裡看電影，電影有種特殊的魔力，就算身處窄小頂加，座椅冰冷堅硬、燈光昏暗、電視螢幕畫素普通，但只要開始播放電影，彷彿能讓人時空跳躍，陷落到訊號微弱的百慕達魔鬼三角，我們兩人挨擠在一條鬼船上，飄蕩在真實虛擬交錯的海域，一次次出靈又回歸。

年四季，房子夏熱冬冷，我和C在低度的寬頻頻帶中併肩遊走，周遭是人世鮮豔繁華的臉譜、若有所思的情節，我們在是枝裕和平淡的畫面車縫裡失聲，在札維耶多藍邊角尖銳的故事中屏息，在《淑女鳥》瑟夏羅南的臉上看見愛與恨，也在《夢鹿情謎》的男女主角身上看見愛戀的夢幻與輕盈。電視裡頭的主角們創造自己獨特的敘事和鏡頭，像夜晚閃著霓虹光芒的島嶼，我們按下按鈕、開啟介面，降臨於五光十色的小島，腳步發光、心跳清脆，我和C貪看著任何一段我們可能、以及未能成為的人生，成為一副思想空殼，等待故事注入。負電粒子在電視迴路中傳導、流動，煙火似地製造出幻覺，它們按照腳本驅動自身的邏輯，變魔術似地製造出所有對現實的模仿，如形而上的流水將我們淹沒。

彼時，我慣習坐在椅上，C則坐地板，有時我把腿跨過他的肩膀，有時他搓揉我關節上的繭，雖然兩人並不交談，但卻感覺十分親暱。

還記得曾與他看了一九九二年勞勃瑞福導的電影《大河戀》，年輕時的布萊德彼特長得真好看，才華洋溢，完全不遮掩自己的鋒芒，他與克瑞格薛佛兩人在河邊飛蠅釣的畫面極美。水面粼粼，陽光將布萊德彼特手臂上的細毛鍍一層金，他手中的釣繩柔美強悍，勾勒出懾人線條，河面下黝黑的大魚一口將餌吃下、跳躍出水面，布萊德彼特用盡全身的力氣與大魚搏鬥，他被河水淹沒、衣著全濕，但依然不放開釣繩。水聲、釣線轉動的齒輪聲、甩繩聲、岸邊人的呼喊，布萊德彼特在水裡濺起的水花聲……光是聲音就自成樂章，讓人看了舒服又難忘，

和C一起待在房裡看電影時，那水色充盈的感覺應該就是如此。

我們偷偷共享那些時刻，像共享祕密。

兩人就在電視前相依著度過整個午後。

從前總認為看電影十分耗神、耗腦力，活在人世就已經有太多煩惱了，不需要再增加思想的馱物，擔上肩後拿下也費力，拆解情節更是折磨。但自從和C一起看電影後，有了伴，什麼事都好看一些，他時常回頭張望因為被劇情感動而哭得一張花臉的我，盯著我身旁用衛生紙堆起的小山，生氣的罵我真浪費，再順手捧著衛生紙山拿去垃圾桶，嘴裡叨唸「又濕又黏真噁心」之類的話語，我會在一旁又哭又笑，繼續抽他那包瘦弱的紙巾。

和C分手之後，我尤其想念那些看電影的時光。

他住過的房子也像好看的電影場景，門孔像男人的肚臍，窗簾像直挺挺的背脊，捲起的被單是皺起的鼻子，鏡子是眼瞳，我時常在腦海勾勒出房間細節，地板上的毛髮、枕頭上的頭皮屑、擱在桌上的指甲刀，還有架上一本又一本分不清誰買的書籍。每當我想起C，就想他住過的房子，空間是線索，物品是密語，我從周邊的一切勾勒出人的形象，想著那是一個可以躺臥、翻滾、站立、行走、蜷曲、蹲坐的地方，那是一個可以獨自安居，而不必流浪受苦之處，是一個美好但又同時令人失落的境地，故事在那兒發生，在那結束，它們死亡又新生。

和C分手之後，我再也沒進過那些房子。

有時，我一個人刻意繞遠路走進巷弄，在建築底下低頭看他居住過的房，我想，現在有新的房客住進去了嗎？它的窗子是不是正透出光線呢？它的櫃子、床還擺在相同的地方嗎？每經過一次，我就側頭看那房子一次，想起陽臺曾飄曬著熟悉的衣物，想起我們曾在屬於自己的小空間搬演人生，也想起房子頂樓那塊發光的空地。我和C幾次爬上頂樓的空地，陽光非常舒服，我們望著城市裡低矮的平房、舊公寓，天空中紊亂穿插的電線，仔細看著我們生活過的空間，那時我突然感覺回憶像水泥牆上張貼的廣告單，這裡貼一張、那裡又貼一張，超商、市場、餐廳、影視出租店、小吃攤、飲料店……到處都充滿著亂糟糟的廣告單，像一疊厚厚的檔案文件，我們走過的足跡被標示出來，形成一張獨一無二的地圖，投影在腦海，每當我經過熟悉的店家，總會想起曾在那發生的事。

直到後來，我才意識到，當我在回望那些居所時，是在回望時間。

回望一段又一段死去的時間。

時間待在遙遠又不可觸及之地，在密室，在高樓，它如一頭死去的幼鹿，呼吸靜止，陽光在初生的犄角上分割出明暗，塵埃飄盪空中。我待在另一頭的岸邊看它，看它心臟曾跳動的模樣，什麼也不能做，中間被層層阻隔，如同C住過的居所，空間記憶沉積在湖底，若有似無，折射出飄忽偏頗的倒影碎片，我不能走近，只能匆匆地瞥過一眼，接著繼續向前。

村上春樹在〈微小的時鐘之死〉裡提到一位女性朋友的死亡，那位朋友送的電子鐘，在某時刻間忽然停止，就和她的死亡一模一樣，「時鐘，簡直就是把生的餘韻也斷絕了般，忽然停了。」道別的感覺就是如此吧，在一段平凡無奇的數字間隔中，耗盡了電力、走到盡頭，當指針停止的那一刻，維繫多年的關係也不知不覺地斷了。

說起來，也曾經和C旅行到異國時，來到擺滿各年代時鐘的展示廳。

許多細節都想不起來了，那是個吵鬧的空間嗎？當指針同時抵達相同的位置，時鐘會一起報時發聲嗎？但是，現在卻還想得起旅行中我們吃過的食物、C粗碩的手指關節、話語、體溫、衣衫後被浸濕的汗水酸味、習慣、動作、睡眠、夢境、泛白的牛仔褲、玩笑，以及每一刻我們兩人並肩行走的時刻。

在任何的關係當中，是否真的有什麼精神性的本質存在呢？

有時我懷疑，這只是兩人藉此提高自身地位的好聽說法而已。想念一個人的方式有時簡單到令人失望且同時竊喜，它可能只是特定品牌的調味料味道，可能只是擁抱，可能只是一個發亮的音節，它如此平凡無奇，如此不驚波瀾，超脫電影情節來到日常生活，它的背後空空如也，意義缺乏，讓你感覺自己永遠是電影外的那個人，總是羨慕地偷窺別人人生。

交往了六年，彼此都是初戀，我和C之間的感情就在現實壓力之下告吹，沒有爭吵，也沒有激烈的愛恨相殺。最好的愛戀不過就是如此吧，關係從來不是誰的保護網，它靜悄悄地離開，究竟是剛剛好的事罷了，像走到山路的盡頭總是會折返回原點一樣。

我還記得，C曾住過的居所外頭，每到傍晚，馬路上總是會出現許多街貓。

喜歡偷吃修車廠機油的黑色雜毛貓，窩在機車座墊瞇著眼的大橘貓，藍色卡車輪胎旁的花貓，還有屋頂上盤據的黑白斑紋貓。每到夜晚，當C

每次牽著我的手送我回家時，我看著這些藏在城市角落的剪耳貓咪們，總感覺那才是街道真正的印記符號。此處是牠們的居所，是牠們的地盤，牠們獨自建立起自己無形的分野，貓咪們眼眸明亮，動作俐落敏感，又在並不構成傷害的時刻懶散打呵欠、睡覺，牠們安於此地，隻身一人。

我想，現在的我和C都和街貓一樣吧。

或者，不管周遭的環境如何改變，身邊的人來了又走，人終究得以那樣的心態繼續度日，這畢竟是真正談過戀愛的大人才懂的事。

你有裸體看過海嗎？

小時候常常和妹妹吵架。

兄弟姐妹間有股與生俱來的相殺之氣——當我斜眼觀察著親戚家兩個雙胞胎幼兒時，也得出相同的結果。若是一方含著奶嘴，另一方必定要拔下來塞進自己的嘴；若是一方手中拿著食物，另一方也必定要橫刀奪愛，張開大口說什麼也要咬一口。人類對於缺失與擁有的認知幾近本能，嫉妒、蠻橫、掠奪、攻伐，尤其是在越親近的家人面前，越能彰顯性格中的頑劣與殘破。

我和我妹從小就在愛恨情仇間慢慢長大。

我衝過去揍她一拳，她就跺腳去衙門告我一狀；她嘴賤地開我玩笑，我就奮力踩她一腳。印象中，還曾經發生過偷看我妹的日記本，結果反而得知自己的日記本被偷看的事件，那時我氣憤找她理論，卻沒搞清楚透過不合法途徑到手的呈堂證供，無法作為司法證據的道理。此外，多年後，我妹突然語重心長地向我坦誠，那支我從前不小心摔斷的夾梳，其實是她先弄壞的——她將梳子巧妙放在衣櫃邊緣，當我打開衣櫃時梳子掉落後摔成兩半，我因此自責許多日。

長大成人後，這場毫無休止的鬧劇依然體現在生活各個層面。

比如我們總是不滿對方從自己衣櫃拿走衣服，在家裡五子哭墓控訴親姐妹有多不近人情，但幾日過後，趁著對方不在房間，又轉身去衣櫃裡撈衣服穿出門——別人的衣服總是比較好看，這是姐妹之間心照不宣且難以理解的共識。雖然相較起孩童時代，肢體的衝突減少許多，但更暴烈的殺氣卻隱藏在隨年紀而更加精熟的語言當中，只要一方嘲笑另一方腦袋是用來充身高，或者說舒服是留給死人的話語來鄙視他人的懶惰，另一放必定回覆靠北，或者更精簡的一字神語，髒話漫天，每日攻防與守備不斷練功。她丟老鼠炮，我丟汽油彈，姐妹倆生於憂患，勤奮武打發功，久而久之養成古怪的默契。

任一戶人家的兄弟姐妹也是如此的吧。

日日打打殺殺，吵架也吵得要將屋頂掀了一般。

家母說，曾經在某次去大賣場時，因為我和妹妹吵得不可開交，她乾脆一走了之，我和我妹只好邊吵邊跟上去。這證明了就算在被生母丟棄的情況下，姐妹倆都還不忘記和對方吵架，也不曉得算感情好還是不好。

雖然愛吵，我和我妹卻是彼此最好的旅伴。

某次在法蘭克福一間窄小的古代雕塑博物館時，就和舍妹有過一次共體時艱的經驗。我和她誤打誤撞進去參觀，裡頭空空蕩蕩，一個人影也沒有，我們手裡戰戰兢兢揣著兩張捏爛的門票，在畸形的空間中隨意瀏覽，身旁擠滿一尊又一尊或肌肉健壯、或肢體充滿戲劇張力的羅馬希臘人體雕塑，它們身軀僵硬慘白，散發一股莫名涼意，更恐怖的是——它們的鼻子都是斷的。我和我妹兩人矮小著身子走著，越看越覺得不自在，博物館冷氣極冷，周遭闃無人聲，我們在所有幾乎就快動起來的斷鼻雕像裡小心翼翼捏緊自己的鼻子，深怕自己的鼻子也莫名掉落，廊道轉角、展間隔牆彷彿有鬼魂快影亂竄，我和我妹每前進一步，背脊發涼的程度就高升一格。

最後，在走到某一處擺著看來不太對勁的耶穌受難像之後，我和我妹就趕緊落荒而逃了。

其實，我也不知道我們為何要如此害怕，或許雕像們看在眼裡也覺得這兩名亞裔人士十分莫名其妙，但那真是很有壓力的參觀經驗，明明場館一個民眾都沒有，卻因為雕塑而無時不刻飄散著陰涼的人味。

也是在那次經驗之後，開啟了我對鼻子的深刻體悟。

人類最容易遺失的部位就是鼻子了吧。

越是高聳的鼻子，越容易有斷掉的危機，不曉得佛地魔原先是不是也擁有個高鼻子，沒有鼻子的樣貌，就算是再偉大再歷史悠遠的塑像，都會讓人不禁毛骨悚然，背後發涼。

還有一次詭異的經驗，是和妹妹去新瀉參加大地藝術祭時發生的。

為了看馬岩松的作品〈光之隧道〉，我和她一大早就搭公車到清津峽，沿著馬路走過一個又一個上下坡。清津峽是日本有名的三大峽谷之一，又正好是稻穗收割的季節，景色非常壯麗，我們在流瀉的水聲中緩慢步行，因為時間太早，亦無人煙，我們一路心情愉悅地走到隧道入口，買門票進去參觀。在看到作品前，得走過一段漆黑的隧道，隧道裡頭又黑又冷，我們盲著眼慢慢走，往前往後都沒有人，因為生性膽小，我的心裡浮起一股要被黑暗碾碎的恐懼，如果此處突然出現一個殺人魔，不曉得我們兩人有沒有辦法順利逃脫？我和舍妹兩人靠著身子走路，直到看到隧道中間段的觀景臺，才慶幸地停下來，坐在一旁的座椅休息。

正悠閒喘息的時候，我不經意往來處的黑暗探頭一看。

後頭有大隊人馬在黑暗中快步朝我們走來，像成群結隊襲來的喪屍。

我二話不說，轉頭就跑，舍妹看到我跑走也驚訝地跑起來，兩人就在氣喘吁吁和大力邁開的步伐中，將隧道的後半段全程跑完，累得半死。現在想起來，那些追來的人是為了搶拍作品才會匆匆走來的吧，而我就糊裡糊塗搞不清楚，因為下意識的害怕就莫名其妙跑起來，和妹妹兩人像在隧道中被狗追逐的貓似的，留下了大驚小怪的一次旅行經驗。

常常聽到別人說自己與兄弟姐妹感情多好，我想那都是騙人的。

「好」這個詞彙，絕對不像車縫平整又毫無失誤的潔白床被一樣，乾脆地鋪躺在那兒，它細微的皺褶裡塞藏著諸多內容物，有一點不好，有許多火大，有時也有短暫的小小的哀傷。但整體而言，它還是「好的」，雖然偶爾差強人意，但已經很不錯了。它會讓你想起一道裂分幽暗與明亮的陽光，或者穿插著一點二流雜訊的好詩，盡力地好了，盡所能地抵達了，耗完了氣力度過百般折磨總算有個結果，焦慮的等待獲得止息，漫長的憂心終有所歸。

雖然你知道，「好」終究不是表面上那樣好的樣子。

它隨時有可能崩裂，不小心出差錯，但是在某種長期養成的默契之下，你知道自己的手仍會與對方牢牢牽著，彼此度過艱辛的時刻。我與妹妹的好大概就是這個樣子，不是越吵感情越好，而是先將好作為基礎，越好越敢吵——應該可以這麼形容吧。

有次和我妹住進了一間高級的泡湯飯店。

湯泉設施是頂樓一處半開放式的空間，簡潔俐落，分成兩邊色澤相異的水池，旁邊栽植著綠色景觀植物，配上淺色木造，雅緻又新穎。我和妹妹濕漉漉的腳丫子將地板踩得都是水痕，溫泉水潛入木頭後，像是一道深邃的傷口，指引著來處，眼前望出去就是瀨戶內海，光線不強，開闊的景象像要把胸腔打開似的，風嗚嗚地吹。我和我妹兩人沐浴完畢，坐進了發燙的熱泉裡頭，剛好身旁都沒有其他泡湯的客人，我們沉默地看著海景，感覺心臟在熱水池中大力跳動，臉色紅潤。

在面朝海洋的觀景臺上，用鎖鏈圈著一臺望遠鏡，我和妹妹泡了一陣子之後，起身拿起望遠鏡，眺望遠方的海景，但望遠鏡的焦距不對，海看起來又太過狹仄，我們一陣子就發現它其實一無是處。

在一小段的行進的時間裡，只有腳下傳來一陣陣海潮聲。

我們安靜地眺望遠方天與海的交會線，身上還留有溫泉水的餘溫，水露沿著身軀的稜線向下滑落至大腿、小腿、腳底板，在微微的涼風中漸漸陰乾，像脫了一層靈魂的皮，沉積在腳踝。此刻的寂靜是真實又不切實際的寂靜。

過不久後，我妹突然問：「姐，妳有裸體看過海嗎？」

那一刻，我突然意識到她的問題非常有意思，它的主題被擺在兩條命運交錯的時間軸上，在短暫的共同經驗中重疊，如同一張精巧的插畫，幾筆勾勒出畫面，充沛如詩的提問。同時，也令我延伸出某種感覺——在這一方格潔淨如窗的剪影時分，我和她兩個身體發燙的小紅人，在非比尋常的安靜裡，早已生長出某種堅韌的質地，像眼前的大海一樣寬闊純淨。那種親密感並非純粹來自血緣關係，也不是既定思維當中的姐妹情誼，比較像是因循著古老的節奏而萌生的陪伴，絕不是依戀，或任何一種流連忘返的親緣，而是陪伴。

我回答她：「現在。」

接著我妹就輕輕笑了起來。

記憶彷彿停止在這一刻，晃蕩如塵。

這簡短如小說的劇情，是人生截至目前為止，最直接指涉當下的故事了。

像是掀開杯蓋的一角，從陶瓷杯裡漫出來的茶葉熱氣，記憶的輪廓模糊不清，卻清晰具體，它若有所思，彷彿背後隱藏某種重要訊息，但又漫不經心。於是我和我妹，兩個裸體看海的人，就像乘駛著透明的船，在沒有聲音沒有文字的語境中，一起面對未知的旅途。

直到現在我還時常會想起這件事，尤其當我信念鬆動之時，我總不禁會想起這件小事，回到那個當下，想起那片藍海，想起眼前那一片細軟沙灘，並且知道再困難的時刻都會被一件小事輕輕遮蓋。

釀文學243　PG2382

後少女時代

作　　者　劉庭妤
責任編輯　許乃文
圖文排版　莊皓云
封面設計　劉思妤
封面完稿　王嵩賀

出版策劃　釀出版
製作發行　秀威資訊科技股份有限公司
114 台北市內湖區瑞光路76巷65號1樓
電話：+886-2-2796-3638　傳真：+886-2-2796-1377
服務信箱：service@showwe.com.tw
http://www.showwe.com.tw
郵政劃撥　19563868　戶名：秀威資訊科技股份有限公司
展售門市　國家書店【松江門市】
104 台北市中山區松江路209號1樓
電話：+886-2-2518-0207　傳真：+886-2-2518-0778
網路訂購　秀威網路書店：https://store.showwe.tw
國家網路書店：https://www.govbooks.com.tw
法律顧問　毛國樑　律師
總 經 銷　聯合發行股份有限公司
231新北市新店區寶橋路235巷6弄6號4F
電話：+886-2-2917-8022　傳真：+886-2-2915-6275

出版日期　2020年9月　BOD一版
定　　價　280元

Printed in Taiwan

國家圖書館出版品預行編目

後少女時代 / 劉庭妤著. -- 一版. -- 臺北市：
醸出版, 2020.09
面；　公分. -- (醸文學；243)
BOD版
ISBN 978-986-445-414-3(平裝)

863.55　　109011136

讀者回函卡

感謝您購買本書，為提升服務品質，請填妥以下資料，將讀者回函卡直接寄回或傳真本公司，收到您的寶貴意見後，我們會收藏記錄及檢討，謝謝！
如您需要了解本公司最新出版書目、購書優惠或企劃活動，歡迎您上網查詢或下載相關資料：http:// www.showwe.com.tw

您購買的書名：________________________________

出生日期：________年________月________日

學歷：□高中（含）以下　□大專　□研究所（含）以上

職業：□製造業　□金融業　□資訊業　□軍警　□傳播業　□自由業
　　　□服務業　□公務員　□教職　□學生　□家管　□其它____

購書地點：□網路書店　□實體書店　□書展　□郵購　□贈閱　□其他

您從何得知本書的消息？

□網路書店　□實體書店　□網路搜尋　□電子報　□書訊　□雜誌
□傳播媒體　□親友推薦　□網站推薦　□部落格　□其他________

您對本書的評價：（請填代號　1.非常滿意　2.滿意　3.尚可　4.再改進）

封面設計____　版面編排____　內容____　文／譯筆____　價格____

讀完書後您覺得：

□很有收穫　□有收穫　□收穫不多　□沒收穫

對我們的建議：________________________________

____

____

____

請貼
郵票

11466
台北市內湖區瑞光路 76 巷 65 號 1 樓
秀威資訊科技股份有限公司 收
BOD 數位出版事業部

(請沿線對折寄回，謝謝！)

姓　　名：________________　年齡：________　性別：□女　□男

郵遞區號：□□□□□

地　　址：____

聯絡電話：(日)________________　(夜)________________

E-mail：____